혼자, 괜찮아?

한국미니픽션작가회 10집

혼자, 괜찮아?

한국미니픽션작가회

문학의 문학

여는 글

고립을 두려워하고 무리를 지어 살려는 인간의 본능으로 사람들은 원시시대부터 자연스럽게 사회를 형성하여 살았다. 그러나 현대에는 과도한 도시화와 물질 만능주의로 인하여 개인은 개성을 잃어 익명의 존재로 살게 되었고, 전통적 가치는 흔들리게 되었으며, 톱니바퀴로서의 역할을 점점 더 강요당하고 있다. 인간은 그렇게 강요된 역할을 자신의 본질로 삼을 수 없으며, 자신이 택한 모습으로 스스로를 만들어가는 자유를 추구한다. 현재 인류의 사회현상 중에 눈에 띄는 흐름은 '혼자살기'이다. 2016년 1인 가구 비율은 이미 30%를 넘어섰다.

'타인은 지옥'이라고 했던 사르트르의 말처럼, 현대인들은 타인의 시선과 간섭이 피곤하고 괴롭다. 사람 사이의 관계에 부담감을 느끼고, 관계에서 발생하는 책임으로부터 도피하고 싶어 한다. 갈등과 상처에 대한 반작용으로 비껴나서 홀로이기를 택하기도 한다. 그들은 사람 대신에 기기와 소통하고 동물과의 교류로 관계를 대신한다. 끝없이 편하고자하는 욕구에 집착하거나 자기기만에 빠지는 경우도 있다. 은둔형 외톨이나 자발적 무업자인 청년 NEET족의 증가는 사회문제가 되고 있다. 한편 노인인구와 미혼인구의 증가, 인구의 감소 또한 혼자 사는 사회현상과 맞물려 있다고 할 수 있다.

인간은 타인과 함께 살기를 두려워하면서도 혼자일 때의 고독감 또한 두려워한다. 혼자 사는 사람들 중에는 자발적으로 홀로 살기를 선택하는 사람들도 있지만 어쩔 수 없이 홀로 남겨진 사람들도 있다. 그러기에 '혼자살기'는 빈곤, 취업률, 노인문제, 문화적 소외, 자기소외, 고립감, 자살 등의 문제가 동반된다. <한국미니픽션작가회>에서 10집의 주제로 '혼자살기'에 관한 글을 묶는 이유도 이러한 사회현상과 그에 발생한 문제들에 대해 함께 천착하고자 함이다.

<한국미니픽션작가회>는 순수문학으로서 미니픽션을 시작한 지 어언 13년이 되었고, 마침내 10집의 작품집을 엮게 되었다. 그동안 문학 강산도 변하여 처음 시작할 때에 비해 미니픽션이라는 장르도 많이 알려졌고, 출간도 활발하다. 그러나 후발 짧은 소설들이 형식은 미니픽션의 형태를 취하고 있지만, 단편적인 얘깃거리인 사이버 소설이나 콩트처럼 변질되고 있는 점은 아쉬운 일이다. 미니픽션은 20세기 후반 라틴아메리카에서 출발한 미니픽션을 본류로 삼고 있

다. 미니픽션은 형식이 아닌 내용을, 폭이 아닌 깊이를 좇으며, 하이쿠적인 소설의 압축미를 추구한다. 또한 읽는 사람에게는 사유의 문을 열어주어 독자들의 참여를 적극 유도하며, 현실에 관한 다각적이고 다양한 해석이 가능하도록 만든 정통 문학이다.

'혼자살기' 주제로 미니픽션 10집 작품집을 엮으면서 알랭드 보통의 말이 마음에 와 닿는다. '존재를 알아주면 비로소 존재가 되고, 이해받았을 때 비로소 제대로 이해받은 사람이 되며, 사랑받기 전에는 살아있는 것이 아니다'고 했다. 작가들이 바라본 '혼자살기' 혹은 '홀로살기' 작품에 대해 독자들의 다양한 이해와 사랑을 기대한다.

한국미니픽션작가회

여는 글 4

구자명 너와 나의 예정된 가을 15

구준회 혼밥의 결말 25

김민효 옆집남자의 가족사진 35

김의규 행복 아파트 49

김정묘 무반주 첼로 모음곡을 듣는 밤 57

김진초 하이고 69

김 혁 어떤 고독사 77

배명희 해피 버스데이 85
안영실 뼈의 춤 95
심아진 친구에게 가는 길 105
양동혁 살아 있는 남자 115
윤신숙 밤의 아리아 123
이진훈 기쁜 나의 저승길 133
이하언 더불어 홀로 살아내기 147
임나라 그녀와 그녀를 만나다 155
임재희 선셋증후군 163

정성환 이상형을 찾아서 171

최옥정 까스명수 181

한상준 틀린 옛말 없다더니 191

해설 미니픽션이라는 렌즈를 통해 본 '혼자 살기'의 다양한 빛깔 • 이경재 198

미니픽션 신인작가를 추천하며 • 이진훈 220

심사평 222

이성우 기억 저편의 낙원 229

이현신 너와 나 239

정혜영 파리발 나의 독립일 245

김채옥 홀로라는 이름 253

노길용 어제의 밤은 누가 돌보았나 263

이청수 9회 말 271

조데레사 새벽 6시 279

너와 나의
예정된 가을

구자명

구자명

1957년 경북 왜관에서 태어나 서울, 하와이 등지에서 청소년기를 보냈으며, 대학에서 심리학을 전공했다. 1997년 『작가세계』에 단편 「뿔」로 등단, 소설집 『건달』 『날아라 선녀』, 짧은소설집 『진눈깨비』 에세이집 『바늘구멍으로 걸어간 낙타』 『망각과 기억 사이』 등을 냈으며, 한국가톨릭문학상 · 한국소설문학상을 수상했다.

너와 나의 예정된 가을

남편이 사라졌다. 서른 번째 결혼기념일이던 시월의 어느 멋진 날에.

'푸른 산빛을 깨치고 단풍나무 숲'을 향하진 않았으나 '님의 침묵'인양 담배 연기를 남기고 가을빛 가득한 작은 정원을 빠르게 가로질러 사라졌다. 그가 떠난 자리에는 필터 선까지 피우고 끈 담배꽁초 한 대와 목깃의 색이 바랜 카키색 점퍼가 실종자의 실체성을 증거하며 남아 있었다.

그 일은 북한강변의 야외 테라스와 클래식 음악으로 유명한 유럽풍 레스토랑에서 일어났다. 송아지 고기 커틀렛과 포르투갈산 와인으로 성찬을 마친 후였고 흡연석에 자리 잡은 덕분에 주위 눈치 안 보고 흡족한 표정으로 그가 점퍼 주머니에서 담배를 꺼냈을 때 나는 준비해 온 문서를 가방에서 꺼냈다.

- 오늘이 우리 계약 만기일이야. 기억나지, 이 계약서?

공증사무소의 첨부 문서가 붙은 그 문서는 좀 누르스름하게 변색은 됐지만 30년 전 타자기로 따박따박 찍은 글씨들은 어디 하나 흐려진 데 없이 또렷했다.

그는 눈빛이 잠시 흔들리는 듯하다가 휴우, 하고 크게 한숨을 내뱉더니 대꾸했다.

- 벌써 그렇게 됐구먼. 금방이네…. 애들은 알고 있나?

해외에서 취업하여 거기 눌러앉아 사는 아들은 알아도 신경 안 쓸 아이니 알릴 필요도 없고 막내인 딸은 지난 봄 결혼시켰으니 제 알아서 살 터라 더는 마음에 부담이 되지 않았다.

- 뭐, 차차 알려도 되겠지? 어차피 제 부모가 어찌 맺어졌는지에 대해 알만큼 알고 있을 테니….

그랬다. 삼십 년 전 첫 아이를 혼전 임신했을 때 그의 아버지가 만성 간염이 위중해져서 대 이을 자손을 낳아줄 며느리를 '급구' 하지만 않았더라면 그가 무릎 꿇고 나에게 결혼을 간청하는 일은 없었을 것이다. 그리고 나는 웨딩으로 가는 대신 산부인과를 찾아 아이를 '정리' 하고 남자한테만 의존하지 않는, 좀 더 믿을만한 피임책을 강구했을 것이다. 나와 같은 독신주의자인 줄만 알았던 남자의 변신에 좀 놀라기는 했지만 임신중절이 가져올 신체적, 정신적 피해에 대해 은근히 두려움을 품고 있던 나는 일편 안도감 같은 것을 느꼈다.

그즈음 여성권익증진협회 독신여성분과 위원장이 된 이래 사표로 삼고 탐독하던 페미니스트 운동가 글로리아 스타이넘에서 눈을 돌린 나는 80년대 중반 한동안 매스컴에서 이런 저런 특집 형태로 소개되던 사르트르-보부아르의 계약결혼에 꽂혔다. 이 세기적 결합의 어떤 보도에서 사르트르와 함께 인터뷰 자리에 나가던 보부아르가 사르트르의 넥타이 매무새를 다정하게 고쳐주는 장면이 비친 적이 있는데 거기서 나는 아, 저거야! 하고 무릎을 쳤다. 서로의 독립성을 완전히 보장하면서도 더불어일 수 있다는 것…. 나는 삼 년 주기 재계약을 전제로 하는 삼십 년 만기 계약결혼 문서를 작성하여 그와 함께 공증사무소에 증인이 되어 줄 직장 동료 두 사람을 대동하고 가서 공증을 받았다. 그 두 증인들은 여전히 독신의 삶을 독야청청 잘 살아내고 있고 필요하다면 언제라도 증인 재소환에 응할 것이다. 그리고 실상을 알게 되면 제대로 이행하지 않은 계약에 대해 비웃을 지도 모르지만, 한 번도 재계약 절차를 밟지 않은 채 삼십 년을 그냥 살아낼 수밖에 없었던 그와 나의 인생역정을 감안한다면 그들도 고개를 끄덕이게 될 터이다.

물론 우리는 간소하게나마 양가 가족 모시고 정식으로 혼인식을 올렸고 장남이 태어났을 때 뒤늦은 혼인신고와 더불어 출생신고를 했다. 명실공히 법적 부부의 모든 조건을 갖추었기에 내연의 관계 운운하면 어패가 있겠지만, 둘째 아이가 태어나기 전 처음 몇 년 간은 내연의 관계 같은 은밀한 재미를 누리기도 했다. 남편 표현대로 '다운계약서'를 장착한 관계였기에 서로에 대해 예의와 배려에 대한 긴장을 잃지 않으려 애썼고 서로에게 신선한 자극과 매력을 주는 파트너이고자 열심히 도모했다. 선천성 소아천식을 가진 딸아이가 태어나면서 나는 아이가 열 살에 이르러 증세가 호전될 때까지 일 년에 반 이상을 병원에서 지내야 되었기에 직장을 접어야 했고 그 대신 프리랜서 르포작가이던 남편은 안정적 수입을 위해 대기업 홍보실에 취업을 했다. 그러는 동안 시아버지의 별세를 필두로 차례차례 시댁과 친정 부모의 병치레와 초상이 이어졌고 둘 다 외동자식이었던 우리는 그 치다꺼리로 스무 해 남짓 한눈 팔 겨를이 없었다. 도와준다고, 시댁이나 친정 어른들 중에는 결혼을 안 했는지 못 했는지 혼자 늙어가는 시고모와 외삼촌도 계셔서 그 노후 관리도 챙기지 않을 수가 없었는데, 지난 해 말 두 사람이 신기하게도 거의 비슷한 시점에 타계하였다. 그 직후 남편은 명예퇴직을 신청해뒀다가 이듬해 봄 딸의 혼례가 끝나기 바쁘게 퇴사를 했다.

그가 딸의 방을 서재로 리모델링해 소설을 쓰겠다고 들어앉은

지 반년 쯤 되던 어느 날이었다. 나는 저녁 찬거리를 사러 슈퍼에 가다 말고 갑작스레 다리 힘이 풀리면서 아파트 뒤켠 공터에 주저앉았다. 사람들의 발걸음이 드문 곳이었다. 이게 아니잖아. 아니었잖아…. 엷은 노을이 비껴있지만 아직은 환한, 그래서 대낮처럼 명랑한 느낌을 주는 가을 하늘에 대고 나는 스스로도 모를 말을 중얼대며 이사종과 이별을 앞둔 황진이처럼 흐느껴 울었다.

그날 밤 나는 장롱 깊숙이 넣어 둔 문서 봉투를 찾아냈다. 남편은 저녁상을 물리기 바쁘게 커피 잔을 들고 서재로 들어가려 했다. 그의 등에 대고, 다음 주가 우리 결혼기념일인데, 했더니 그가 시선을 맞추지 않는 눈길로 돌아보며 대꾸했다. 응, 어디 좋은 식당 당신이 알아서 예약해봐. 내가 좀 머뭇거리다가, 이번이 삼십 주년이야, 했더니 그는 그게 뭐, 하는 표정이 잠시 스치더니 주로 보너스 봉투를 건넬 때 보이던 후덕한 미소를 지어보이며 말했다. 그래? 그럼 좀 고급으로 알아봐.

다음 날 나는 인터넷으로 검색한 북한강변의 고급 레스토랑을 예약했고 변호사 사무실에 가서 남편에게 요구할 재산분할에 관한 법률상담을 받았다. 변호사가 물었다. 이혼을 원하시나요? 졸혼을 원하시나요? 나는 아직은 잘 모르겠고 좀 더 생각해봐야겠다고 대답했다. 계약결혼만기가 되었는데 어떻게 좋게 갈라질 수 있겠는지 궁리중이라고 솔직히 말하지를 못했다. 다만 현재 상태에서라도 내가 거처할 작은 독립된 공간을 마련하기 위한 비용을 남편에게 요구할 법적 권한이 있는지를 알고 싶다는 말만 했다. 정말로 그게 다였다. 남편이 사라진 날 이전까지 내가 생각할 수 있었던 것은. 그 독립된 공간에서 내가 지난 삼십 년간 잃고 살아온 그 무엇인가를 복원하는 일을 차근차근 해볼 셈이었다. 그런데 그것에 대해 입을 떼는 순간 남편이 사라진 것이다.

써늘한 강바람을 가르며 남편이 두고 간 점퍼에서 차 열쇠를 찾아 혼자 집으로 돌아오는 동안 별별 생각을 다해 봤지만 그의 행방은 가늠되지 않았다. 화장실에 간 줄 알고 삼십 분을 기다리다 못해 핸드폰으로 전화를 걸었으나 받지 않았다. 문자도 받지 않았다. 경찰서에 실종신고를 한 지 달포가 넘었건만 비슷한 인물을 목격했다는 제보조차 들어오지 않았다. 다만 그가 살아있는 게 분명하다고 믿게 된 건 그에게 들어온 이메일들이 주기적으로 확인되고 있음을 알고 나서였다. 왠지 자식들에겐 그가 사라진 걸 알리고 싶지가 않아 그들에게서 안부전화가 오거나 하면 그가 외출에서 돌아오지 않았다고 둘러댔다. 나는 방이 세 개나 되는 아파트를 독차지하게 되었고 누구 끼니를 챙겨야 한다던가 하는 타인에 대한 책임에서 완전히 벗어나 무한자유 속에 놓이게 되었다. 하지만 내가 원했다고 생각한 내 삶의 복원계획은 하나도 진행된 게 없다. 그냥 매일 매일 간신히 한, 두 끼 챙겨 먹고 하염없이 늘어져 있을 뿐이다.

이게 다 뭐람…. 나는 한 달째 그의 책상 위에 방치된, 압화처럼 노르끼해진 결혼계약서를 노려본다. 그는 그렇게 말없이 사라지면 안 되는 거였다. 관계의 유보된 해지는 관계의 명백한 지속보다 나을 것이 없다. 혹, 그렇게 밑도 끝도 없이 증발한 것은 돌아오기 위해 결말을 유보한다는 뜻이었을까? 서재 창 너머로 가을 하늘은 삼십년 전 그 어느 날의 '날카로운 첫 키스'처럼 덧없이 푸르르다. 마지막 춤사위라도 보이겠다는 듯 낙엽 몇 닢이 그 빛살 찬 허공을 어지러이 선회한다. 나는 그가 돌아오기를 기다려야 하는 걸까? 아니… 이미 기다리고 있는 걸까?

혼밥의 결말

구준회

구준회

한국문협, 한국순수문학인회, 갈대시동인회, 광화문시낭송회, 서울교원문학회회원, 한국동요문화협회, 구상선생기념사업회, 미니픽션작가회 이사.
시집 『우산 하나의 행복』 『사람 하나의 행복』 『그 이후 하나의 행복』 가곡음반 『내 안에 그리움 있다』 외 공저 다수

혼밥의 결말

가족관계증명서를 바라보다 나는 머리를 저었다. 나와 아내의 유일한 연결점은 이 증명서 하나였다. 그곳에만 남편과 처로 등재되어 부부관계임을 증명하고 있었다. 법적 관계 외에 아내와 나는 이미 부부가 아니었다. 나는 법원청사 첨탑 너머 하늘을 망연히 올려보았다. 어머니가 살아계셨다면…, 하는 생각이 들자 진저리가 쳐졌다. 이런 꼴 저런 꼴 안 보고 이 세상에 안 계신 것이 얼마나 다행인가 싶었다. 어머니가 살아계셔 지금의 나를 본다면 뭐라고 하실지 상상하기도 싫었다. 속으로 우시거나 몽둥이질을 하실 것만 같았다

죽기 살기로 쫓아다니는 상대와 절대 결혼하면 안 된단다. 어머

니는 아내와의 결혼을 말렸다. 아내는 9년이나 나를 쫓아다니며 음독자살까지 시도했다. 그게 사랑인줄 알고 결혼식을 올렸다. 결혼 후 아내는 표변했다. 오랜 세월 쫓아다닌 보상심리가 발동해선지 사사건건 못되게 굴기 시작했다. 매사 일부러 어깃장을 놓으며 반발했다. 논리도 설득도 무용지물이었다. 그럴 때마다 나는 벽이 느껴졌다. "무지한데 용감하면 천하무적이래. 공인 천하무적을 무슨 수로 대적할까. 얼마나 모르나를 모르는 것은 신도 못 말린대." 친구들이 농담으로 던진 말도 진실로 느껴질 정도였다.

결혼 전 부족한 건 내가 메워주고 모자란 건 덮어주고 모르는 건 가르쳐주면 될 거라고 생각했다. 이 얼마나 어리석은 생각이던가. 이 세상 누구도 모자라거나 모른다고 생각하지 않는다는 것, 다 넘치게 안다고 생각한다는 걸 몰랐다. 특히 열등감을 감추고 결혼한 부분이 있을 때는 반대급부로 귀를 막고 있어 소통이 안된다는 것을. 세상 결혼은 조금씩 미화 포장 속에서 성립될 수밖에 없다는 진리를 꽤 시간이 지난 후에야 깨달았다.

법원에 이혼서류를 제출하고 온 뒤에 나는 아내에게 존댓말을 시작했다. 어른 모시듯 깍듯하게 말하며 정중히 대해 주었다.

"저녁 진지 드셨습니까? 아직 이시라고요? 티브이 조금만 더 보고 계시면 곧 차려오겠습니다."

아내는 이해할 수 없다는 표정이었다. 하기야 누구도 상상할 수 없는 일이었다. 우리 부부는 서로 따로 따로 밥을 차려 먹은 지는 이미 오래되었다. 나는 나대로 아내가 밥을 먹든 말든 눈도 마주치지 않았다. 무조건 말없이 티브이만 볼 뿐이었다. 그러던 내가 부엌으로 가 연신 핸드폰의 레시피를 보며 뭔가를 찾고, 냉장고를 수없이 여닫는다. 어느 때는 딸 도움까지 받아서 상을 차려놓고 아내에게 "식사하세요." 라고 공손하게 말하며, 손에 수저까지 쥐어준다. 아내가 다 먹은 낌새가 보이면 나는 얼른 사기대접에 냉수까지 정갈하게 떠다 상에 올려준다. 상 치우기 전에 큰절까지 한다.

"어머머, 이이가 왜 이래. 재수없어!"

아내는 내가 이벤트로 몇 번 그러다 말겠지,라고 생각하는 것 같았다. 그런데 벌써 며칠 째 이어지고 있어 내심 당황하는 눈치였다.

내 쪽의 여동생이나 남동생 형제자매가 오던 날이면 아내는 얼굴빛부터 달라졌었다. 다른 사람이 보기에 아주 불편하게 이마에 송충이를 세 마리나 그리고 그릇을 소리 나게 놓는가 하면 부엌 쪽에서 뭐라고 궁시렁거렸다. 왜 그러냐고 위로 해주러간 나에게 삿대질을 시작해 부부싸움을 손님들 앞에서 일으켰다. 이해할 수 없는 피해의식은 도대체 어디 숨었다 터져나오는지 황당한 건 늘 나와 동생들이었다. 몇 번 이런 경우를 당한 동생들은 발걸음을 끊었다. 명절이 없어졌다. 집안 모임이 사라져갔다.

어린시절 우리집엔 손님이 끊이질 않아 나는 손님 틈바구니에서 자랐었다. 어머니는 생전에 "손님이 없는 집은 미래가 없다."고 말씀하시곤 했다. 결혼 후 나는 친구들을 데려올 생각을 아예 접었다. 부부동반 모임 때만 바깥에서 만났다. 외식을 하게 되니 아내 입은 먹는 것에만 쓰게 하고 헤어지면 그만이어서 아무도 우리 부부의 속내를 알 수 없이 흘러갔다. 자연 집에 손님이 오는 경우가 가뭄에 콩 나듯 했고 그마저 세월이 흐를수록 더 줄어 끝내 아무도 찾아오는 사람이 없었다.

아내는 어느 날부터 교회를 들락거리더니 억지로라도 지내던 부모님 제사를 우상숭배라며 점차 지내지 않게 되었다. 나는 혼자 인터넷에서 제사상차림 음식을 주문시켜 몇 년을 지냈다. 문제는 애들도 엄마 따라 우상숭배라며 절을 안 하고 버티는 거였다. 몇 차례 설교도 하고 말 매도 쳤지만 종교의 힘은 강했다. 애들을 설득하는 것도 지쳐갔다. 제풀에 져버린 것이다. 그 후 제삿날은 마음에도 없는 교회 주보를 놓고 찬송가를 부르는 걸로 대체되었다. 그런 날이면 나는 하늘을 오래 올려다보곤 했다.

애를 낳고 키우는 양육이 부부 평생의 가장 큰 과업이라고 나는 생각했다. 이 중차대한 일에 누구나 성공감을 느끼기는 당연히 어렵다고도 생각했다. 그래서 종교단체의 아버지교실도 얼쩡거렸다. 나는 노트에 메모까지 해가며 열심히 강의를 들었다.

'옛날 부모들은 보고 배우고 따라 하기로 자라는 자식들에게 보여 지는 유일한 대상이었다. 성실한 삶의 언행생활을 하며 부부 삶을 이어가면, 애들 교육을 위해 따로 노력할 일이 없는 걸로 알고 키웠다. 애를 낳아 세 살까지는 생존을 살펴주고, 사춘기 전까지는 예의를 모범적으로 보여주며, 사춘기 이후엔 정으로 지켜봐주고, 스무 살이 되면 정을 끊고 독립시켜 왔다. 부부가 가장 잘 보여줘야 할 것은 서로 부부로 사랑하고 아끼고 위하고 희생하고 양보하며 행복해 하는 모습이다.'

한마디로 부부의 살아가는 모습이 아이들에게 결정적인 영향을 주니 부부가 행복해야 한다는 것이다. 그런데 오늘날 행복한 부부생활은 버리고 그 시간과 정성을, 남편이 아내에게 아내가 남편에게 쏟는 게 아니라, 애에게 쏟으니 문제가 시작된단다. 이런 양육의 근본원리를 모르니 어디서부터 잘못된 지도 모르게 된 것이다.

'꽃밭에 물 주듯이 지극한 정성으로 키우지만 부부간 쏟지 못한 모자란 만족감과 불만을 부부싸움이라는 천둥 태풍으로 날려보이니 꽃은 상처 받고 비뚤어진다. 이 흠집이 어린 밑동에 남아 평생을 간다. 그러나 눈치를 못 채고 있다가 사춘기 이후 인과응보를 받는다.'

즉, 밑동의 암세포가 세포 변이를 일으켜 모든 자극과 반응에 부정적 영향을 발하기 시작하는 것이란다. 자식도 부모도 모르게 말이다.

우리 애들이 보고 배울 건 부부싸움 뿐이었다. 스승은 없고 무뢰배만 보였을 것이다. 처음에는 애들 보는 데서는 안 싸웠지만 점점 감정이 격해지자 이판사판 돌아보지 않게 됐다. 나와 아내는 브레이크가 없었다. 그래서 그런지 사춘기 이후 애들이 말썽을 부리고 제 맘대로 갈팡질팡 분노하는데 브레이크를 찾을 수가 없었다. 필시 아내도 어린 시절 부모 부부싸움판의 겁먹은 눈망울이었을 거라고 생각했다.

내가 유일하게 아내와 헤어지지 않은 것은 자식들을 위해서라고 생각했기 때문이었다. 그러나 그마저 기대가 무너질 때 나는 절망이라는 단어와 만나야 했다. 그 기대는 수만 번 반복되고 한 발 물러서고 또 기대하기를 반복하다 건강에 적신호가 와 경제활동력을 잃을 때 내려놔지기 시작했다. 자식에 대한 미련이 놔진다는 것은 아내와 이혼 결정의 첫째 조건이었던 것 같다.

나는 이제 남편, 아내, 자식이라는 싸움판에서 그만 떠나고 싶다. 총을 버리고 총 싸움에서 벗어나고 싶다. 어찌 가족이 싸움 대상이 될 수 있는가. 어떻게 된 세상인가. 싸움터를 버리면 싸움도 버려진다.

아내가 버젓이 있는데 혼자 밥을 먹는 것과 아내가 없어서 혼자 밥을 먹는 것은 다르다. 홀로 되어 혼자 밥을 먹는 것이 차라리 정당하며 떳떳할 수 있다. 나는 결정했다. 이혼을 결심하고 제일 먼저 찾아 간 곳이 부모님 산소였다. 나는 산소 상석에 술잔을 올리고 담배에 불을 붙여 올렸다. 그리고 오랫동안 마음속에 다짐했던 생각을 부모님께 고했다. 부모님은 알겠노라고 내 말에 동조해주시는 것 같았다. 어머님은 추가 당부가 있으신 것 같았다. 나도 고개를 끄덕이기도 했다. 나는 해가 저물도록 묘등에 난 잡초들을 뽑은 뒤에 내려왔다.

벌써 보름 이상 계속 차려 내놓는 저녁식사 대접에도 아내는 별다른 반응은 없었다. 아마도 아내는 이런 예상치 못한 일이 처음엔 이벤트라고 헛웃음으로 넘겼을 것이다. 그런데 하루도 빠짐없이 꼬박꼬박 나의 봉사가 계속 될수록 뭔가 불편해졌지만 내색은 하지 않았다. 짐작컨대 아내는 처음엔 "웃기지 마라!" 반발이었을 거고, 그러다 "이젠 좀 잘하기로 마음을 고쳤나?" 의구심이 들었을 거고 "그런가봐!"에서 "그러네!" 이해로 넘어 갔을 것이다. 내 짐작이 맞는다면, 그 다음엔 "하긴 착한 남자였지!" 긍정에서, "생각해보면 내가 잘 한 것도 없어!" 반성으로 넘어갔을지도 모른다. 마침내 아내는 밥상을 받으며 "쑥스럽게 자꾸 이러니 내가 미안하네!" 라고 조그만 소리로 반응을 보였다.

그리고 며칠 후, 아내는 내가 차려준 밥상을 다 먹은 후 내 얼굴을 바라보았다. 그러더니 천천히 입을 열었다.

"여보 당신한테 나도 잘 한 게 없는 것 같아. 마음 풀고 이제부턴 내가 밥도 해줄 테니까 그만 해."

"식사 다 하셨습니까."

"또 그 존댓말, 뭐야 하지 마, 이젠… 밥은 잘 먹었어."

아내의 말이 끝나자 나는 열어 두었던 거실 창문을 닫고 와 앉았다. 존댓말이 아니라 전처럼 반말이었다.

"어, 밥상 올리는 것 오늘이 끝이야. 혼밥도 못 먹는 귀신도 있어. 당신이 우리 어머님 제사상 지난 16년 동안 안 차렸거든. 오늘까지 열여섯 번째 제사상이었어. 맛 있었어? 산소의 어머니가 그러시더라. 헤어지기 전에 내가 어머니 제삿날마다 올리는 제삿밥, 당신한테 원없이 해먹여 보내라고. 내일 법원 판결문 올 거야. 이젠 당신 입, 가고 싶은 데로 가."

옆집남자의 가족사진

김민효

김민효

서울예술대학에서 문예창작을 중앙대학교 대학원에서 문학예술 전공

작가세계에 「그림자가 살았던 집」으로 등단

소설집 『검은수족관』 『그래 낙타를 사자』 『빛나는, 완전범죄』

영문번역본 『WHERE IS OUR HOME』

공저 『놀러가자 피터팬』 미니픽션 『술集』 외 6권

옆집남자의 가족사진

당신은 어디에 살고 계십니까?

사는 곳은 다 같다고요?

관리 중인 파워블로그 두 곳에 던져진 질문이다. 한밤중 파워블로거가 던진 이 질문에 미끼를 물 듯 네티즌들은 댓글로 와글거렸다. 인생이니, 삶이니, 길이니 등의 철학적인 언어를 동원했지만 결국은 혼자서 잘 사는 방법과 함께 구체적인 주거 공간이 제시되었다. 파워블로거가 노리는 것이 광고로 이어지는 바로 이 지점이다. 인테리어 등의 공간꾸미기와 성형과 패션 등의 외모꾸미기가 필연적으로 따라붙기 마련이니까.

파워블로거가 주문한 대로 머리카락이 다 타버릴 만큼 정보를 퍼 날랐다. 제공받은 수십 개의 아이디를 동원하여 댓글과 답글도

달았다. 사는 곳은 다 같다고요? 천만에요. 공기가 다르다니까요. 싱글족만의 우아한 삶을 상상해보셨나요? 노골적인 아파텔 홍보 답글과 광고 포스팅 작업까지 완료하고 나니 반나절이 지나버렸다. 광고주의 오케이 사인까지 받았으니 결재는 수월하게 진행될 것이다. 다음 일정은 30분 휴식에 이어 30분간 덤덤이와 놀아주기다. 졸고 있던 녀석이 앞다리를 쭉 뻗으며 기지개를 켠다.

기분 좋은 피로감이 온몸으로 번진다. 의자에 앉은 채로 두 팔을 뻗어 스트레칭을 한다. 있는 대로 입을 벌리고 하품을 한 다음 서랍에서 휴대폰을 꺼낸다. 반나절 동안 수신한 수십 개의 문자와 부재중 전화도 확인한다. 오늘 수신된 메시지들은 대체로 쾌청하다. 특히 거래은행으로부터 들어온 입금확인 문자는 대 환영이다. 지난 3년을 잘 살아냈듯 이번 달도 무사히 잘 살아낼 수 있을 것 같다.

휴대폰을 무음으로 설정하려는 순간 전화가 들어온다. 옆집남자인 쭈쭈 아빠다. 글쎄…? 옆집남자는 자신을 그렇게 소개했었다. 2층 식당가에서였다. 1인용 칸막이 식당에서 고기를 구워먹다가 양념통을 벽 너머로 주고받았던 적이 있다. 그쪽 분, 소금통 좀 주시겠어요.(후추통이었던가.) 나는 소금통인지 후추통인지를 칸막이 너머로 넘겨주었다. 거기까지였다면 전화번호를 주고받는 일은 없었을지도 모른다. 공교롭게도 동시에 커튼을 들추고 나왔다는 게 문제라면 문제였다. 아주 잠깐 우리는 서로가 머쓱한 표정을 감추지 못했다. 칸막이 너머의 남자가 하필 옆집남자였다니, 뭐 그런 것. 옆집남자도 나와 비슷한 생각을 했었던 것으로 짐작했다.

새삼스러웠다. 엘리베이터나 복도뿐만 아니라 로비, 편의점, 식당, 헬스장 등에서 수없이 마주쳤을 터이고, 3층의 강아지 미용실, 목욕실, 주말 반 강아지 요가교실 그리고 강아지 산책로에서도 우리는 자주 마주쳤을 것이다. 아니 마주쳤었다. 한 아파텔, 같은 층에 살고 있으니까. 게다가 바로 한 쪽 벽을 공유하며 살고 있지 않은가. 그러나 분명하게 짚고 넘어갈 것은 우리는 모르는 사이라는 것이다. 우리가 벽을 사이에 두고 산다고 해서 서로 인사를 나누거나 시선을 교환하지는 않는다. 달리 말하자면 우리는 서로 스쳐 지나는 행인1 혹은 행인2 정도의 존재라는 것. 그러므로 이웃이란 의미를 친밀감으로 연결시키는 등의 오류를 범할 가능성은 없었다. 철저하게 혼자인 삶을 보장하는 것이 이 아파텔의 특성이니까. 옆집남자가 이런 불문율을 깨고 물었다.

"저는 쭈쭈 아빱니다. 그쪽은? 아, 그쪽 이름이 아니라 그쪽 강아지 이름이요."

옆집남자는 자신이 키우는 강아지 이름으로 자신의 이름을 대신했다. 그는 내 이름을 알고 싶은 것이 아니라는 뜻을 분명히 했지만 매우 무례한 행동임에 틀림없었다. 나는 무시해버릴까 하다가 나의 강아지 이름을 말해 버렸다. 까짓것 강아지 이름을 서로 교환하는 것뿐인데 뭘. 나의 덤덤이가 그와 얽힐 일이 있겠어. 그런 가벼운 마음이었다.

"아 네에. 덤덤이예요, 덤덤이."

나는 무성의하게 나의 강아지 이름을 말하고는 이내 시선을 돌렸다.

"예? 덤덤이라고요? 이름이 진짜 심심하네요, 누구처럼…."

옆집남자는 첫 음을 바짝 치켜 올리며 되물었다. 무례가 수위를 넘었다 싶었지만 말꼬리를 잡지는 않았다. 나는 언짢은 내색을 하며 핸드폰 문자만 뒤적거렸다.

"폰 좀 주시겠어요?"

옆집남자는 내 손에서 빼앗듯 휴대폰을 가져갔다. 어찌해 볼 새도, 뭐랄 새도 없었다. 그는 자신의 전화번호를 내 폰에 저장한 다음 통화버튼을 눌렀다. 이른바 내 전화번호를 제 멋대로 따간 것이다. 폭력이나 진배없어 비상벨을 누르려고 하자 그가 가로 막으며 말했다.

"잠깐만요. 다른 뜻은 없어요. 다만 비상시를 대비해서요. 정말이지 저는 아주 모범적인 입주자입니다. 제발요."

그는 셔츠 주머니에 넣었던 목줄신분증을 꺼내 보이며 울상을 지었다. 내가 비상벨을 누르거나 소리를 칠 경우 당장 보안요원이 달려올 것이다. 최악의 경우 그는 강제퇴거를 당할 수도 있다. 나는 한 발짝 물러나 엘리베이터 벽에 부착된 경고문을 가리켰다. 그 순간 어이없게도 나는 실소를 터트리고 말았다. 그의 표정도

표정이었지만 목에 걸고 있는 신분증 때문에 터진 웃음이었다. 남자의 모습이 제 이름표가 매달린 목걸이를 흔들어 대면서 애교를 부리던 덤덤이와 매우 닮았다는 생각이 들어서였다. 게다가 '비상시'라는 말도 예사롭게 들리지는 않았다. 아마 '급증하는 청년 고독사'라는 뉴스가 가슴 언저리에 남아있었던 모양이었다. 어쨌거나 그런 말랑말랑한 감상은 아주 잠깐이었다. 현관문을 닫고 집 안으로 들어서는 순간 비상시라는 말뿐만 아니라 옆집남자의 존재도 지워져버렸다. 안타까운 일이지만 그의 전화번호를 삭제하는 것까지도.

어쨌든 옆집남자의 전화는 뜻밖이었다.

"네, 쭈쭈아빠. 무슨 일이시죠?"

"빨리 우리 집으로요. 전화는 끊지 마시고요."

옆집남자의 목소리는 숨이 넘어갈 것처럼 다급했다. 생사가 걸린 것처럼 느껴져 앞뒤 가리지 않고 튀어나갔다. 그가 비밀번호를 불러주었지만 현관문은 쉽게 열리지 않았다. 숫자와 영문 그리고 기호까지 조합된 긴 비밀번호를 여러 차례 시도한 끝에 겨우 현관문을 열 수 있었다. 기억하기 어려운 매우 복잡한 비밀번호였다. 문이 열리는 신호음을 들었는지 그가 다시 소리를 질렀다.

"빨리 보듬이 팔을 풀고 쭈쭈를 빼내세요."

보듬이는 또 누구냐고 물어보려는 찰나 강아지 신음소리가 들렸다. 로봇은 강아지를 움켜쥔 채 계속해서 경고 메시지를 전송하는 중이었다. 로봇 팔이 오작동을 일으키고 있다는 것을 단번에 알 수 있었다. 로봇의 손에서 강아지를 빼냈다. 강아지는 온몸을 부들부들 떨었지만 별 이상은 없어보였다. 나와 눈이 마주치자 녀석은 사지를 버둥거리며 내 품을 벗어나려 했다. 녀석의 눈빛은 불안과 공포로 번뜩거렸다. 녀석을 내려놓자 이번에는 물어뜯을 기세로 짖어대기 시작했다. 제 주인의 구두 한 짝만큼이나 될까 말까한 녀석이 짖어대는 소리치고는 제법 카랑카랑했다.

"덤덤이 엄마, 쭈쭈 괜찮습니까? 괜찮냐고요?"

옆집남자는 숨넘어가는 소리로 거푸 물어왔다. 별 이상이 없는 것 같다고 말해주자 그의 숨소리가 한결 편안해졌다. 강아지는 더 앙칼지게 짖어댔다. 때마침 옆집남자의 목소리가 집안을 울렸다. 스피커를 통해 들리는 그의 목소리는 바로 옆에서 말하는 것처럼 생생했다.

"쭈쭈, 아빠야 아빠. 자, 자, 우리 딸 착하지."

탁자 위 모니터에 옆집남자의 모습이 나타났다. 모니터 옆에는 카메라가 녀석의 움직임을 따라 돌고 있었다. 녀석은 짖기를 멈추고 모니터를 쳐다보았다. 주인의 모습을 알아챈 녀석은 어쩔 줄 모르겠다는 듯이 날뛰기 시작했다. 두 귀와 머리털을 온통 뒤로 젖힌 채 꼬리까지 열심히 흔들어대면서.

"오구, 오구, 우리쭈쭈, 착하지. 진정하고 마미 까까주세요해."

"마미라니…요?"

옆집남자가 정색을 하며 말했다.

"보듬이요. 쭈쭈 보모로봇 말입니다."

"아, 네에."

"역시 덤덤하군요. 덤덤이 엄마답게."

나는 옆집남자의 싱거운 농담을 뭉개버리고 조언하듯 말했다. 일방적으로 호출당한 것에 대한 불만도 없지 않았다.

"이렇게 불완전한 보모를 두느니 강아지를 놀이방이나 유치원에 보내지 그러세요? 그쪽이 더 안전할 것 같은데요."

"알잖습니까? 퇴근이 늦어지면 제 시간에 데리러갈 수 없다는 걸. 게다가 강아지학대사건이 빈번하게 일어나잖아요. 먹이는 것도 그렇고요. 어느 것 하나 안심할 수가 있어야지요. 아, 덤덤이 어머니에게 도움을 청한 것은 이해하시죠? 관리실이나 보안회사에 연락하면 일은 쉽겠죠. 하지만 내 사생활을 시장바닥에 내다놓을 순 없잖습니까. 안 그래요?"

"아, 네에…."

옆집남자의 생각에 무조건 동조하기는 어려웠지만 내가 상관할 바는 아니었다. 사생활 노출을 최소화 하는 방도로 내가 쓰였다는 생각조차도 나는 염두에 두지 않았다. 대신 빨리 내 집으로 돌아가야겠다는 생각으로 조급해졌다. 나는 남자의 지시대로 로봇보모의 전원을 끈 다음 재부팅을 했다. 자가 검색이 끝나기를 기다렸다가 몇 개의 버튼을 누르자 로봇보모가 정상작동을 시작하였다. 물론 나는 버튼 하나하나의 기능이 무엇인지 알지 못한 채 옆집남자의 지시대로 움직였을 뿐이다.

경보음과 함께 '침입자 발생'이라는 메시지가 울려 나왔지만 이내 잠잠해졌다. 옆집남자가 원격으로 조종을 하고 있다는 것쯤은 알 수 있었다. 아무 문제도 없었던 것처럼 로봇보모는 강아지를 쫓아 움직이기 시작했다. 모니터를 통해 옆집남자는 오케이 사인을 보냈다. 수고했다는 말과 이만 돌아가도 좋다는 말은 매우 사무적으로 들렸다. 그런 건조한 인사치레가 나쁘지는 않았다. 모니터에서 그의 모습은 사라졌지만 카메라는 여전히 돌고 있었다.

이제야 집안 풍경이 눈에 들어오기 시작했다. 프로젝터와 스크린 그리고 안마의자가 한 세트처럼 놓인 것으로 보아 영화 마니아가 아닐까 싶었다. 그것을 제외한 대부분은 강아지를 위한 것들이었다. 강아지 놀이방이라고 해도 손색이 없을 만큼 거실에는 강아지 용품과 장난감으로 가득했다. 사료와 간식의 종류도 다양했다. 특제 사료와 수제 간식을 따로 주문해서 먹이는 것 같았다.

특히 눈길을 사로잡은 것은 벽에 걸린 커다란 가족사진이었다. 어릴 적 여느 집에서나 흔히 볼 수 있었던 그런 사진인 것은 분명한데 구성원이 달랐다. 옆집남자, 로봇보모, 강아지. 셋의 모습은 마치 아빠와 엄마 그리고 아이로 구성된 가족의 모습과 크게 다르지 않았다. 옆집남자는 나비넥타이를 맨 턱시도 차림이고, 로봇보모는 분홍원피스를, 강아지는 하얀 드레스를 입었다.

탁자 위에는 작은 액자에 끼워진 사진도 많았다. 매번 다른 차림새를 하고 찍은 사진들이었다. 사진의 배경은 모두 달랐다. 누구나 알만한 곳도 있지만 마니아들만 알 것 같은 특별한 배경의 사진도 여럿이었다. 사진 속 옆집남자의 표정은 정말 행복해 보였다. 자신들의 관계가 매우 견고하다는 것을 그는 표정으로 드러내 보이고 있었다. 사진의 메시지도 분명하게 느껴졌다. 내 가족의 범위는 딱 여기까지야.

내가 제일 싫어하는 것이 상대를 통해 나를 보는 것이다. 타인과의 비교를 통해 삶의 만족도를 가늠하는 것인데, 나는 무심결에 나와 덤덤이를 그들과 한 저울에 올려놓고 있었다. 그렇다고 나와 덤덤이의 무게가 그들보다 가볍다고 생각한 것은 아니었다. 옆집남자가 아무리 질 좋은 사료와 간식을 먹이고 로봇보모까지 들여 강아지를 보호한다지만 나의 덤덤이만할까 싶었다. 강아지에게 가장 좋은 친구는 백수라는 말이 있잖은가. 나야 분 단위로 쪼개 일을 하니까 백수보다야 못하겠지만, 온종일 같은 공간에 있다는 점에서는 옆집남자의 사정보다 훨씬 낫다는 생각이 들었다.

나와 덤덤이는 서로에게 잘 길들여진 게 틀림없다. 24시간 같은 공간에 있지만 우리는 전혀 불편함이 없다. 우리가 나누는 대화는 매우 단순하다. 최소한의 단어로도 소통이 가능하며 대화에 쓰이는 단어도 대부분 긍정적이다. 설령 말실수를 한다고 해도 뒤끝을 걱정하지 않아서 좋다. 아쉬운 점이라면 내게서 사회적대화의 기술이 퇴화하고 있다는 것이다. 이렇게 살다보면 대화의 기술뿐만 아니라 사람의 말을 점점 잃어버리게 될 지도 모르겠다.

덤덤이를 데리고 독립한 이후 나는 혈육으로 얽힌 인간 공동체에 대해 미련을 버렸다. 또한 사회적 관계망으로부터 떨어져 나왔다. 내가 보냈거나 나를 떠난 남자들, 혈육 혹은 친구 등 여차저차 얽힌 사회적 관계망들, 대기업 홍보실 팀장이라는 안정된 직장까지도. 어휴, 떠올리는 것만으로도 진이 빠진다. 아무튼 서른 몇 해를 투쟁적으로 살아냈고, 드라마틱한 인간관계도 수차례 겪어냈으니 혼자살기 위한 대가는 혹독하게 치러낸 셈이다.

덤덤이와 사진 한 컷 멋지게 찍어 폼 나게 걸어놓아야겠다는 생각을 하면서 시계를 보았다. 에고, 이를 어쩌나. 덤덤이와 놀아줄 시간이 다 지나버렸다. 게다가 다음 일은 결코 미룰 수 없는 광고매설작업이 아닌가. 한 번 광고주의 눈 밖에 나거나 신용을 잃게 되면 전부를 잃게 된다는 것이 이 바닥의 현실이다. 등골이 서늘해졌다. 서둘러 나가려는데 로봇보모가 경보음을 내질렀다.

"비상사태 발생, 비상사태 발생."

스피커에서는 옆집남자의 비명에 가까운 목소리가 튀어나왔다.

"빨리 덤덤이 막아요."

나는 화들짝 놀라 집안을 둘러보았다. 언제 들어왔는지 덤덤이가 쭈쭈를…. 아니지. 쭈쭈가 덤덤이를 유혹했는지도…. 이미 손을 쓸 수 없는 상황이 눈앞에서 벌어지고 말았다. 아차, 싶었지만 무슨 수로 본능에 충실한 두 녀석을 떼어낸다 말인가.

"아이쿠…야!"

"오 마이 갓!"

옆집남자와 나는 동시에 탄성인지 괴성인지를 내질렀다. 쭈쭈나 덤덤이의 견생도 한치 앞을 내다볼 수 없다는 것을 확인하고만 셈이다. 머지않아 옆집남자의 집에는 또 다른 가족사진이 걸릴 것 같은 불길한 예감에 사로잡힌다. 그렇게 되면 옆집남자와 나는 어떤 관계로 얽히는 거지?

행복 아파트

김의규

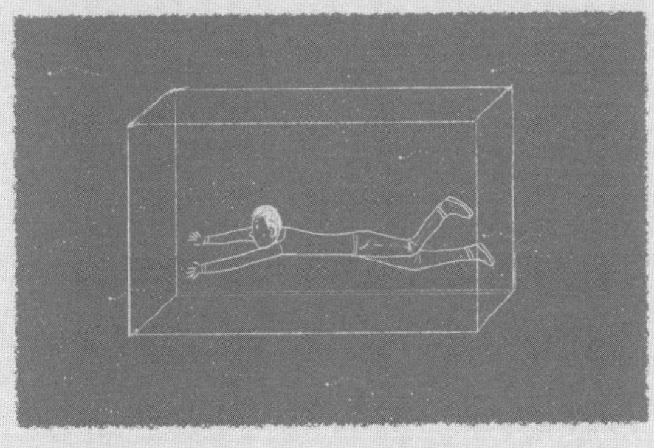

김의규

화가 · 미니픽션 작가. 저서로 어른을 위한 동화집 『양들의 낙원, 늑대 벌판 한 가운데 있다』, 트윗픽션집 『그러니까 아프지 마』, 미니픽션 2인집 『그녀의 꽃』 등이 있다.

행복 아파트

내 옥탑방에서 마주 보이는 <행복 아파트>, 그러나 사람들은 그곳을 <독신자 아파트>라고 부른다. 열 가구가 사는 그곳은 실상 다가구주택이라는 이름이 더 어울린다. 그러나저러나 그 아파트엔 정말 독신자들만 사는 것일까? 언제부터인가 이 아파트에 우연히도 혼자 사는 사람들로 채워졌는데 아마 방 하나와 거실 겸 주방의 구조 때문인지도 모르겠다.

저물녘 하늘에 분홍빛으로 빛나던 엷은 구름조각들이 점차 회청빛깔로 칙칙해진다. 국물까지 다 먹은 라면냄비를 탁자 끝으로 밀어내고 담배와 재떨이를 끌어당긴다. 건너편 아파트에 하나 둘 불이 켜진다. 내가 담배에 불을 붙이는 때를 같이 하여 3층의 한 집 베란다와 거실이 환하게 밝았다. 거실의 망사커텐을 통해 한 여인의 모습이 희미하게 보인다. 그녀는 목욕가운을 걸치고 화장실로 들어간다. 그러고 보니 옥상에서 코앞에 있는 아파트를 보는 게 처음인 것 같다. 아니 실제로는 수도 없이 보았을 텐데 아무런 의식이나 자각이 없었던 것이 맞겠다. 나는 옥탑방보다 탁 트인 옥상에 있는 것을 더 좋아한다. 이곳에서의 나는 언제나 옥상상제(屋上常帝)다. 밤이면 날카로운 빛 끝으로 덤벼드는 교회의 빨간색 십자가들만 없다면. 파장이 긴 빨간색의 네온 십자가는 밤에 더욱 공격적으로 교회 사업을 한다. 옥상에서도 고개를 뒤로 한껏 젖히고 밤하늘을 보아야 겨우 머리 위 별빛을 힘겹게 볼 수 있다. 어둠 곳곳에서 빛나며 눈을 찌르는 빨간 불빛의 십자가를 피해 먼 곳의 검푸른 풍경을 가늠한다. 이때 내 눈은 무슨 빛깔일까?

어쨌든 눈앞의 아파트를 오늘에서야 처음 본 것으로 아는 내 무심함. 그러나 크게 이상할 일도 아니다. 나 또한 남의 간섭을 지독하게 싫어하지 않는가. 그래서 이렇게 숨듯이 혼자 사는 것이지.

대개 사람들은 관심의 대상이고 싶고 또 누군가를 관심의 대상으로 삼지 않으면 못 견딘다. 그러나 그 사실을 사실로 인정할 수밖에 없는 무력한 나 스스로가 너무 싫다.

신기하게도 내가 이사 온 이 동네에 유독 독신자가 많은데 그것으로 적이 기분이 안락해졌다. 어쩌면 진즉에 왔어야만 될 고향 같기도 했다. 그리고 바로 작동하는 안심 뒤에 도사리고 있는 정체 모를 불행에 대한 내 고질적 의심증. 아직 혼자 떳떳이 살 준비나 확신이 내게 부족하다는 것, 혼자 사는 사람들과의 연대감, 그것이 혹시 함께 살고 싶다는 사실의 반증인 것은 아닐까? 잠시 가볍게 들떴던 기분이 도로 시무룩해지는 것을 지나 뿌리까지 흔들리는 치통이 재발한 것처럼 여겨진다.

라면과 계란, 김치, 파, 햇반 따위가 거의 떨어져 담배도 살 겸 건너편 독신자 아파트 1층 모퉁이에 있는 편의점엘 간다. 편의점에 있는 것들이란 게 모두 혼자 사는 사람들만을 위한 것 같다. 칫솔도 가족용 보다는 한 개짜리 개인용이고 전자렌지용 즉석 식품이 대부분이다. 그러나 그러한 모든 것들은 실상 나를 위해 준비한 것처럼 내게는 알맞춤이다. 이처럼 언제부터인가 나의 행복은 간단하고 저렴한 만큼 극대치로 오르는 반비례의 법칙이 적용됐다. 남의 소소한 행복은 내가 견뎌낼 만한 작은 불행과 크게 다르지 않다. 그런 때문에 내가 크게 행복하기를 원치 않음도 누군가치를 큰 불행과 함께함을 바라지 않는 까닭이겠다. 거울 속의 나는 아직 좌우가 뒤바뀐 것도 모른 채 뻔뻔하다. 발끝에 악착스레 붙어 있는 내 그림자는 짧을수록 제 어둠이 왜 그리도 짙은지 모른다. 되생각해보아 내가 기피했던 그들 속에 내 뻔뻔한 얼굴과 짧고 짙은 내 그림자가 있었다.

편의점 밖 문가의 파라솔에 앉은 40대 중반의 한 여인. 그녀는 한낮에 오징어포를 안주로 캔맥주를 마시고 있다. 곁눈질로 살펴보니 편의점에서 몇 번 마주친 얼굴이다. 편의점 커피와 일용할

양식을 사들고 다른 쪽 파라솔에 앉았다. 가을 햇빛이 맑고 따뜻하다. 커피의 맛과 참 잘 어울린다. 편의점 아가씨가 크게 틀어 놓은 저희 또래의 노래가 매우 따갑고 낯설기만 하다. 그런데 맑고 따스한 가을 햇살, 구수한 커피와 함께 그 젊은 노래의 낯선 시끄러움이 서로 잘 어울린다. 시나위의 어울림 가락이기도 하고 재즈의 이질적 조화로움이기도 하다.

잠시의 몽롱함을 일깨우는 "드실래요?"라는 말과 함께 캔 맥주를 불쑥 내민 옆 파라솔의 여인. 엉겁결에 "아, 네 고맙습니다."라며 덥석 받아버린 캔맥주, 그 섬뜩한 차가움이 너무 싫기만 하다. 그리고 그녀가 무례하다고 생각한다면 사람에게 내가 너무 인색한 것은 아닐까? 어쩌면 거울 속에서 좌우가 뒤바뀐지도 모른 채 뻔뻔히 서있는 내 꼴을 그녀에게서 보았기 때문일까? "저, 그런데 절 아세요?" 낭패한 마음을 모면해보려는 뜻으로 물었다. "잘 알지요. 요 앞집 옥탑방. 라면, 소주, 클래식, 팝송, 재즈, 담배 호호호~." 순간 귓불이 후끈 달아오른다. "저는 여기 독신자 아파트에 살아요." 묻지도 않았는데 먼저 제 사는 곳까지 말한다. 편의점에서 몇 번 마주친 여인을 마치 처음 본 것으로 아는 내 무심함과 남의 간섭이 싫어 숨듯이 혼자 사는 것의 대가를 치르는 중이란 생각이 얼핏 스친다.

누군가의 관심이고 싶고 또 누군가를 관심의 대상으로 삼지 않으면 못 견디는 것. 그리고 그 사실을 사실로 인정할 수밖에 없는 더욱 싫은 내 무력함. 이제 간단하고 저렴한 만큼 극대화되는 내 행복의 반비례 법칙이 곧 확인될 것이다. 이 모든 게 함께 살고 싶다는 사실의 반증이란 걸 또 자각하는 나를 발견할 것이다.

신의 매질이 그치질 않는다. 하도 맞아 아픈 감각이 없어도 아프다고 비명을 질러야만 했다.

무반주 첼로 모음곡을 듣는 밤

김정묘

김정묘

『문학과 비평』에 시로, 『한국소설』에 소설로 등단

시집 『하늘연꽃』 외, 미니픽션 동인지 『나를 안다고 하지 마세요』외 다수

한뼘자전소설 교재형 작품집 『내 이야기 어떻게 쓸까?』 공저

한국소설가협회, 한국미니픽션작가회 회원

무반주 첼로 모음곡을 듣는 밤

철야근무를 끝내고 새벽에 돌아오는 휴일이면 나는 의식을 치르듯 그녀가 남기고 간 네펜데스 미란다에게 먹이를 준다. 가늘게 찢은 오징어포 한 가닥을 조심스럽게 손끝으로 잡고 호리병처럼 길쭉한 포충낭 액체 속으로 밀어넣는다. 그리마를 잘게 찢던 그녀의 가늘고 긴 손가락을 몸이 기억한다. 포충낭을 앞으로 기울이고 돋보기로 들여다본다. 어제 넣어준 파리는 날개만 뜬 채 형체를 알아볼 수 없을 정도로 몸이 녹았다. 창자가 터져 누런 내장이 비죽 튀어나와 있다. 위장에서 소화되기 전 음식물을 토해낸 것 같은, 돋보기로 확대된 그것을 나는 한동안 내려다보다가 포충낭의 길이를 잰 다음 사진을 찍는다. 식충식물 동호회에는 올리지 않는다.

그녀가 떠나고 나는 다시 혼자가 되었다. 이제 혼자가 되는 일은 밤이 지나고 아침이 오는 일처럼 일상이기도 하고 기적이기도 하다. '나 잠수 타, 연락 안 될 거야.' 그녀는 느닷없이 사라졌다가, 사라지기 전과 똑같은 모습으로 환생한 듯 내 앞에 나타나기를 반복했다. 그녀가 있으나 없으나 나는 잠을 자고, 눈을 뜨고 깨어난다. 슬픔도, 우울도, '집시들처럼 그녀의 가슴으로 반지나 목걸이를 만들'지 못한 애절함도, 먹고 자는 일 앞에서 도저히 어쩌지 못하는 지독한 몸의 현장감이 기적이라면 기적이다. 나이 사십 줄을 넘어 오십을 바라보는 우리 세대는 누구나 관계를 마무리하는 방식이 따로 있기 마련이다. 결혼식이나 혼인신고와 같은 구식절차를 무시해도 좋았기에 '밤편지'라는 제목을 달고 날아온 그녀의 마지막 문자로 우리의 관계는 마무리되었다.

밤편지ㅠ.ㅠ

이런 편지도 이제 다큐 속에서 향수를 자극하는 구닥다리가 되겠지? ㅋㅋ 새삼 왜 처음 당신과 쑥국새 소리를 듣던 산책로 아침이 생각나는지 몰라. 묘지 뒤편 천변산책로 걸을 때 말야. 내 지하방 빼고, 당신 옥탑방 빼서 원룸으로 합치자 할 때 말야. 무엇이건 지금만 아니라면 사막에게 잡아먹히는 모래여자가 되어도 좋다고 생각했지. 알잖아. 뭔가 바뀌지 않을까, 무조건 지금의 나와는 다른 무엇이 되지 않을까, 절실했어. 이 나이에 철없는 기대감

말야. 그런데…….

로토스 수납병에 담긴 사탕을 빨면 추억이 무력해질까, 그녀와 마주 앉았던 아일랜드 식탁에 앉아 그녀가 인간이었던 사실을 잊게 하는 키르케와 과거를 포기하도록 집요하게 유혹하는 칼립소를 생각한다. 몸이 기억하는 내 사십대의 5년. 짧지 않은, 어쩌면 슬픔을 온몸으로 빨아들이던 시간. 그녀의 '그런데'와 '말없음표'에 담긴 희미해진 기억들. 그녀가 걸을 때마다 들리던 옷깃 펄럭이는 소리, 설거지할 때 그릇들이 부딪히는 소리, 낡은 나무마루가 삐걱대는 소리, 낮은 소리로 머뭇대며 울먹이던 고백들. 절전모드로 들어간 컴퓨터 화면처럼, 화면 가득 떠 있던 폴더방들이 갑자기 사라진 것처럼, 소.리.가.사.라.졌.다.

그녀가 기록해 놓은 소리들이 사라짐. 아무 때나 흔들어대던 열쇠 쩔렁거리는 소리, 간지럼 타는 것처럼 깔깔대던 웃음소리, 새벽 빗소리 같던 신음소리, 엉덩이 푸른 반점처럼 창문에 얼어붙은 눈송이를 긁어내리던 소리, 요가매트에 앉아 길고 가늘게 리듬을 타던 숨소리. 이 방이 낯섦. 세상이 낯섦. 나는 아무것도 할 수가 없음, 아침에 일어나 하늘을 바라봄, 무덤가에 있는 엄나무를 바라봄, 1층 할머니가 현관 입구에 널어놓은 도토리를 바라봄. 벽에 기대놓은 지팡이처럼 골목길을 바라보며 서 있곤 함. 내가 그녀를 지켜봐왔던 시간들, 그녀가 나를 지켜봐왔던 시간들도 사라지고 있음.

동안거다, 하안거다, 무문관, 명상아쉬람에 들어간다며 그녀가 수시로 잠수를 탈 수 있었던 건, 일이 있을 때만 기획자, 디자이너들이 모였다가 일 끝나면 바로 해체하는 독립프로그래머였기 때문에 가능했다. 노예 프로그래머들을 해방시키는 운동을 하는 것은 아니지만 그녀는 프리랜서라는 말을 질색해서 '독립프로그래머'라고 여전사처럼 말하곤 했다. 그녀는 투입과 해체가 자유로운 독립프로그래머가 되기 위해 이십대, 삼십대를 화장실 갈 때를 빼곤 컴퓨터 앞에 앉아 '월화수목금금금'의 시간을 보냈다고 진저리를 쳤었다. 야근공화국에 걸맞은 야식과 폭식, 비만으로 무장하고 기계를 움직이기 위해 그녀는 기계처럼 일했다고 했다. 나는 그녀가 독립프로그래머가 되기까지 쉬지 않고 일했음에도 왜 고시원 쪽방과 지하단칸방을 전전하고 있었는지는 묻지 않았다. 그녀도 내가 멀쩡하게 대학 경영학과를 나와서 왜 빌딩관리 경비 일을 하며 옥탑방을 못 벗어나는지 묻지 않았다. 어쩌면 우리가 원룸으로 합칠 수 있었던 것은 묻지 말아야할 금기사항을 서로 알고 있다는 믿음이 계기가 되었을 것이다. 그보다 결정적인 것은 인터넷에 떠도는 지난 흔적들을 지우느라 디지털장의사를 수시로 이용하고 있다는 것이다. 우리가 이미 주변 연락처를 쳐낸 소위 '인맥

거지'임을 확인하는 순간, 그녀는 어린아이처럼 열쇠다발을 흔들며 내 목을 끌어안았었다.

그녀는 엘리베이터도 없는 6층 원룸을 좋아했다. 이사 온 첫날, 원룸 입성이 경이롭다는 듯 그녀는 좁은 방안을 왔다갔다 하며 혼잣말처럼 중얼거렸다.

"베니어합판으로 막지 않았으면 옆방 숨소리가 그렇게 크게 들리지는 않았지 않았을까?. 고시원 쪽방 말야. 지금은 왜 숨소리가 안 들리지? 타인이 이렇게 가까이 있는데 말야."

"내가 좀 전에 죽었나? 타인의 숨소리가 안 들려?"

나는 정리하던 책을 던져놓고 창문 앞에 서 있는 그녀의 허리를 끌어당기며 그녀의 귀에 입술을 대고 거친 숨을 몰아넣었다. 그녀는 한순간 몸을 동그랗게 말며 애벌레처럼 알몸을 드러냈다. 밖의 불안이란 남자와 안의 불안이라는 여자를 이길 수 있는 힘은 섹스뿐이라고 그녀는 굳게 믿고 있었다.

방글라야. 스님이 아파서. 약도 떨어졌데서.

방글라데시에서 봉사활동 하는 그녀의 언니인 스님 병수발을 들러 왔다며 그녀가 몇 장의 사진을 보내왔을 때, 나는 그녀가 다시 그전처럼 환생하지 않을 것임을 직감했다. 거지꼴이나 다름없는 스님과 그녀가 눈만 커다란 아이들을 바라보며 웃는 모습, 약이 다 떨어진 빈 약상자, 흙먼지 날리는 시골 거리, 색종이를 얻으려고 몰려든 아이들 손. 그 몇 장의 사진 모두 어떤 한 순간 정점을 찍고 정지된 듯한 신비한 고요함이 느껴졌다. '그래, 운명이 이겼다!' 나는 소리쳤다. 하지만 소리는 목에 걸려 터져나오지 않았다. 마치 그녀가 영적으로 높은 계층에 올라 갑자기 속세의 정을 거둬버려 놀라기라도 한 듯, 나는 두 손을 모으고 그녀 앞에 머리를 조아리는 심정이 되었다. 사진 속의 그녀가 슬퍼하는 모습을 겨우 보았지만 왜 그런지는 알지 못했다.

그녀와 앉았던 소파 겸용 접이식 침대와 아일랜드 식탁, 벽에 걸린 액자, 향꽂이가 있는 화장대와 그 앞에 깔린 요가매트, 벽쪽에 쌓아놓은 책더미, 그리고 창문에 걸어놓은 포충낭이 한 개 남은 네펜데스 미란다까지 그녀가 떠나기 전 그대로다. 그녀가 늘 그랬듯이 환생한 환생한 듯 돌아오리라, 나는 믿고 있는 것일까. 그녀의 물건은 곧 그녀의 삶이었고, 주인을 잃은 물건들을 나는 무덤 속 부장품처럼 끌어안고 스스로 순장하고 싶은 것일까. 나는 이렇게 의문부호로 어정쩡하게 그녀의 떠남을 정리하지 못하는 내 모습을 위장한다. 몸의 기억은 생각으로 어쩌지 못한다는 것을 깨닫는다.

"쌀을 대여섯번쯤 씻어 버리고, 속뜨물이 안 나오면 밥을 안치면 돼. 손을 여기에 넣어 봐."

늙은이처럼 왜 밥물 보는 법을 가르쳐주는지 나는 차마 묻지 못했었다. 나는 그녀가 알려준 대로 쌀을 씻고, 냉장고 문을 여닫고, 세탁기를 돌리고, 밀대로 물걸레 청소를 하고, 화분에 물을 준다. 그런데…… 그 소리들이 낯설다. 내가 그녀와 똑같은 소리를 내며 움직여도 '이건 그녀가 내는 소리가 아냐.' 라고 내가 내는 소리를 소음인 듯 귀를 막고 있는 존재들이 있다. 혼자가 되고 난 뒤에야 느낄 수 있었다. 가구들이, 식기들이, 요가매트와, 노트북, 네펜데스 미란다가 그녀가 몸을 움직일 때마다 그 소리에 귀를 기울여주고 있었다는 것을. 나뭇잎이 자신이 존재한다는 신호를 먼 우주로 내보내고 있는 것처럼.

하루가 또 저물고 있다. 혼자 있어도 내 생활은 가끔씩 일렉트로마트를 돌아보는 정도 외에는 특별히 달라진 건 없었다. 그녀가 없는 무력감을 나는 혼자서도 아무렇지 않다는 듯이 견디고 싶었다. 소위 핸드폰과 리모콘만 있으면 굶어죽거나 지루해 죽지는 않는다고 하지 않는가. 옥탑방 시절의 홀로 뒹굴 수 있었던 쾌감도 돌아왔다. 앉은 자리에서 밥 먹고, 텔레비전 보고, 간간이 번개처럼 스마트폰이 반짝거리고, 개 짖는 소리도 평화롭게 들린다. 하루종일 말 한마디 없이 지나간다. 위장된 평화와 그녀의 살림살이 부장품이 가득 들어찬 무덤 속에서 나는 죽어서도 살아있다. 그녀가 남긴 '그런데'와 '말없음표'로 무덤의 적막을 견딘다. 마룻바닥에 떨어진 서향 빛을 바라보며 아무것도 원하지 않을 늙은 나를 떠올린다. 전자기기가 웅웅거리는 소리도 은하수가 흐르는 소리로 들려오는 이 방의 풍경을 바라보며 꾸벅꾸벅 졸다가 마침내 다시 깨어나지 않는다면 사람들은 이 죽음을 고독사라고 할까.

부엉이를 부르고 싶다. 별빛 등불을 비춰주는 은둔자를 부르고 싶다. 그녀가 끌어당기는 '그런데……'를 탈출하는 상상을 한다. 사람들은 왜 알면 알수록 멀어질까? 마음은 왜 다가가면 갈수록 오리무중이 되어버리는 걸까. 왜 고통은 삼켜야만 되는 거지? 도피로는 불안을 어쩌지 못하잖아. 불안이 삶이라고 말하던 성자들은 다 어디로 갔을까. 문제는 이제 아무도 하지 않은 이런 낡아빠진 질문을 내가 하고 있다는 거잖아. 언제부터인가 나는 홀로 나를 가두어 놓을 때에 말을 하기 시작한다. 혼자 묻고 혼자 대답한다.

내가 천변 자전거산책로를 걷고 있을 때는 햇살이 퍼지기 시작하는 아침녘이었다. 산책로를 사이에 두고 한쪽은 천주교공원묘지 뒷산이고 개천 건너편은 고속전철이 지나는 철도와 외곽으로 통하는 고속도로가 높은 산처럼 마주보고 있다. 묘지 뒤쪽인 북향은 오래된 떡갈나무와 바위들로 가려져 무덤은 보이지 않는다. 산책로는 오고가는 사람들과 자전거들로 북적였다. 빈둥거리는 어른들 사이로 앞질러 뛰는 아이들, 무서운 속도로 내리막길을 달리는 자전거, 목줄을 팽팽하게 당기며 땅바닥에 코를 박는 강아지들, 쿵짝쿵짝 춤추듯 뽕짝 리듬에 맞춰 제자리에서 잰걸음을 걷는 할머니를 지나치며 걷는다. 모두 어디로 향하는지 걷는다. 나는 벤치에 신문지를 깔고 앉아 디지털장의사 상담게시판에 식충식물카페와 또 어디어디 견적의뢰를 할지 떠올려보다가, 조금 전에 보았던 신문광고에 난 빌딩을 출력하고, 사진과 똑같은 얼굴의 마네킹을 출력한다는 3D프린트에 대해 곰곰이 생각하다가, 일렉트로마트에 갈 휴일 날짜를 짚어보다가 그만두었다.

이상하게도 집안에 혼자 있을 때보다 북적이는 사람들 속에 있을 때 내가 혼자라는 생각이 깨어난다. 그러곤 어떤 빈 곳의 적막 속에 휘감기고 만다. 주변의 소리가 점차 멀어지다가 희미해진다. 때론 몸이 없어지고 소리없는 영상이 흐르듯 현실감을 잃어버리는 때도 있다.

다만 매달린 북 같은 지는 해를 바라보아
점점 눈앞에서 있듯이 분명히 보아야 한다.*

나를 벗어나 다른 세계에서 읊조리는 내 목소리가 들렸다. 그 소리는 내게 그녀의 '그런데…'를 계속 말하고 있다는 느낌이었다.

---

* <관경16관> 중

나는 천변 아래로 내려갔다. 무슨 알지 못하는 힘에 끌리듯 개천 징검다리를 향하는 발걸음을 멈출 수가 없었다. 죽어서도 갈 곳을 몰라 떠돈다는 중음계라도 넘어서는 것처럼 비장하기까지 했다. 막상 천변 아래로 내려서니 개천은 물살도 세지 않을 뿐 아니라 징검다리 돌도 크고 넓어서 안전해보였다. 나는 징검다리를 한 발 한 발 딛고 개천을 건너갔다. 개천 건너편은 뜻밖에도 나무들이 울타리처럼 둘러쳐진 안쪽으로 누군가 일궈놓은 채마밭이 있고, 몇 가지 운동기구들이 있는 운동장이었다. 그곳에도 한무리의 사람들이 수레바퀴 같은 둥근 핸들을 잡고 팔을 돌리고, 자전거를 타고, 철봉에 매달려 땀을 흘리고 있었다. 나는 비어있는 공중걷기 그네에 올라섰다. 종아리와 허벅지에 힘이 들어가며 뻣뻣하게 긴장했다. 발이 땅에서 떨어지는 불안을 몸이 기억한다. 나는 손잡이를 꽉 잡고, 있는 힘껏 발을 굴렀다. 겁내지 않고 속도를 내면 어느 순간 땅을 박차고 날아갈 것만 같았다. 바짓가랑이가 스치며 휙휙 바람 소리가 났다. 그런데… 그녀가 내 귀에 대고 아주 가까이에서 말하는 소리가 들렸다. 이 소리를 내기 위해 온 우주가 돕고 있는 거야. 나는 공중걷기 그네에서 내려왔다. 다리가 후들후들 떨렸다. 어느새 해는 중천이었다.

하이고

김진초

김진초

1997년 『한국소설』로 등단. 소설집 『프로스트의 목걸이』『노천국 씨가 순환선을 타는 까닭』『옆방이 조용하다』『당신의 무늬』『김치 읽는 시간』 장편소설 『시선』『교외선』『여자여름』 출간. 인천문학상(2006) · 한국소설작가상(2016) · 한국문협작가상(2016) 수상.

하이고

자꾸 주머니에 손이 들어간다. 잭나이프가 손끝에 닿자 비로소 마음이 안정된다. 지속적으로 이 흉기를 소지할 의사는 없다. 가능하면 빨리 사용한 뒤 치워버리고 싶다. 오늘 중으로 사용하면 더욱 좋고.

누군가에게 상처를 준 일은 있어도 살의를 느낀 적은 없었다. 그런데 아들이 나를 부인하자 꼭지가 돌면서 새삼스레 열패감에 빠졌다. 극한으로 치닫는 감정 어디쯤에서 십 년이란 세월의 간극, 그 마침표가 찍힐지 모르겠다.

내 식구 먹여 살린다고 버둥대다 내 몸 상하는 줄 모르고 살았다. 한참 망가진 다음에야 아니, 버림받은 다음에야 정신이 번쩍 들었다. 워커홀릭인 나를 포기한 아내는 진작부터 대안을 마련해

놓은 듯했다. 아들조차 완벽하게 아내 편이었다. 함께 어딜 놀러 가 본 적도 뒹굴어본 적도 없는 아들은 눈도 맞추려 들지 않았다. 땀의 시간을 밟고 차근차근 올라섰지만 벼랑을 디디는 순간 끝나는 인생이었다. 나를 바치고 얻은 모든 것에서 하차해야 했다.

아무것도 남지 않았다. 워커홀릭에서 알코홀릭으로 갈아타는 것도 순식간이었다. 가혹한 현실은 고민의 지점을 불투명하게 했다. 뼈저린 고독과 무력감은 폐인을 추구했다. 이러고 벌레처럼 꿈틀대다 소리 없이 숨 놓으면 그만이지 별 거 있겠어? 희망을 놓칠 때 절망도 함께 놓쳤는지 누굴 원망할 기운조차 없었다.

뉴스에서 중년 남성 고독사를 보면, 나만 이러고 사는 게 아니구나, 연대감을 느꼈다. 고독사 앞에는 고독생(生)이 있는 법, 고독한 인생의 대미를 장식할 이벤트를 찾다 장기기증과 시신기증을 선택했다. 가진 거라곤 성치 않은 몸뚱이밖에 없는데도 기증할 게 있다니? 와병 중이던 자존심이 회복되는 느낌이었다. 문제는 이제부터 내 몸이 내 것이 아니라는 사실이었다. 외딴곳에서 아무도 모르게 죽는 것도 반칙이었다.

'하이고' 소리가 선명하게 귀에 들어온다. 스님과 신도들이 함께 독송하는 염불이다. 처음엔 감탄사 '아이고'인 줄 알았는데 계속 듣다보니 '하이고'였다. 앞에 놓인 책을 펼친다. 옆 자리 아주머니가 친절하게 페이지를 짚어준다. 금강반야바라밀경이다. 후렴처럼 한 페이지에 한 번 이상 나오는 하이고(何以故)에 주목한다. 불경 밑에 작은 글씨로 씌어진 해설을 보니 '하이고'의 뜻은 '왜냐하면'이다. 금강경에 하이고가 이렇게 많이 들어 있을 줄도 몰랐지만 내가 사찰에서 지내는 추석 차례에 동참할 줄은 더더욱 몰랐다. 아들 뒤를 밟다 도심 속 딴 세상에 스며든 거였다.

오늘 아침, 고시원은 고요했다. 나는 창가에 붙어 서서 골목을 스캔했다. 주머니에 손을 넣어 양키시장에서 구입한 잭나이프를 확인하는 것도 잊지 않았다. 시간이 일러서인지 골목은 한산했다. 목표물이 발견되면 뛰쳐내려갈 참이었다. 운동화 끈도 단단히 조인 상태였다. 안 그래도 갈 곳 잃은 내게 녀석이 화살표를 그어 방향을 일러준 거나 다름없었다.

올여름은 어찌어찌 차상위계층으로 분류돼 긴급지원으로 고시원에 사는 행운을 누렸다. 간경화 덕분이었다. 달랑 석 달, 한시적 지원이라 추석이 지나면 나가야 하지만 에어컨 빵빵한 고시원에서 쾌적한 여름을 났다. 전기밥통에 밥은 늘 있어 김치, 김, 계란 후라이 등 간단한 반찬만 있으면 가능한 식사도 오랜만에 누리는 호사였다.

일용직 잡부를 하다 갈비 두 대가 나갔는데 의사는 갈비보다 간이 더 큰 문제라 했다. 그렇거나 말거나 내겐 강 건너 불이었다. 당장 고시원을 나가면 갈 곳이 없는 게 더 문제였다. 싸구려 사글세방이라도 알아봐야 했다. 해서 고시원 골목을 나서는데 그만 녀석과 정면으로 마주치고 말았다. 꿈에도 예상치 못한 일이었다. 당황한 나와 달리 녀석은 무표정하게 지나쳤다. 그냥 지나칠 수는 없는 일이라 다급히 녀석을 불러 세웠다. 녀석이 움찔하더니 뜨악한 표정으로 돌아섰다.

"누구세요?"

기가 막혔다. 십 년이 얼굴을 잊을 만큼 먼 시간이던가. 할 말을 잃은 와중에도 녀석이 달아날까 조바심이 나서 유치하기 그지없는 대답이 나왔다.

"누구라니? 아빠잖아."

녀석은 안색 하나 바꾸지 않고 무뚝뚝하게 말했다.

"저, 아빠 없어요."

무안하고 부끄러워 발밑이 꺼졌으면 싶었다. 오물을 털 듯 나를 털어내고 제 갈 길로 사라지는 녀석의 등짝을 향해 번지수가 다른 욕을 씹었다. 시발 년, 죽여 버리고 말 거야. 아들이 들어간 집은 고시원에서 내려다보이는 단독주택이었다. 부자를 갈라놓은 천하에 나쁜 년, 내 눈에 띄는 날이 제삿날이다! 헤어진 아내를 향해 선전포고를 했다.

아들이 대문을 밀고 나왔다. 창가에 붙어있던 나는 다다다다, 고꾸라질 듯 계단을 내려왔다. 녀석은 전철역을 향해 걸음을 놓고 있었다. 일단 눈앞에 보이는 아들 뒤를 밟기로 했다. 녀석은 목적지가 정해진 듯 전철역을 가로질러 망설임 없이 걸었다. 전철역에서 나온 사람들이 아들과 합류해 같은 방향으로 걸었다. 추석날 아침

순례자들이 점점 불어났다. 아들 뒤를 밟다 순례자에 섞여온 끝이 바로 여기였다, 만년 위패를 모시는 도심 속 사찰.

조상을 제 손으로 모시지 않고 부처님 손에 맡긴 사람들이 북적였다. 아들 뒤쪽에 자리를 잡고 앉았다. 만년 위패의 주인공이 장인인지 장모인지도 나는 알 수 없었다. 아내는 끝내 나타나지 않았다.

추석 차례가 시작되자 웅성이던 대웅전이 물을 끼얹은 듯 조용해졌다. 스님과 함께 신도들이 독송하는 염불소리가 우우우웅 파문처럼 귓가를 맴돌았다. 알아들을 순 없지만 마음이 평화로워지는 소리였다. 가부좌를 틀고 눈을 감자 세상이 까마득히 멀어졌다. 수만 명의 만년 위패가 모셔졌다는 이곳, 위패로 사후 터를 잡은 영가들이 문득 부럽기도 했다. 당장 내일이면 고시원을 떠나야 하는데 나는 아직 갈 곳을 정하지 못했다. 그런데 여기가 마음에 든다. 머물 수만 있다면 여기 머물고 싶다.

'하이고'가 곡소리 '아이고'로 들린다. 일체의 관념에 끄달리지 말고 마땅히 머무는 바 없이 마음을 내라는 경문, 거기 머문 시선이 떠날 줄 모른다.

하릴없이 세어보니 금강경엔 '하이고'가 38번이나 나왔다. '왜냐하면'은 부처와 수보리의 문답에도 상당히 중요한 요소인가 보았다. 추석 차례가 거의 끝나가는 분위기다. 주머니 속에 잡히는 잭나이프에 안도한다. 부처님께 절을 하려는지 사람들이 단체로 일어선다. 그들을 따라 일어서며 점퍼 주머니 속 칼끝을 정확하게 내 심장으로 겨누며 기도한다. 내 삶의 끝이 부디 이곳에서 이루어지기를.

있는 힘껏 앞으로 고꾸라진다.

왜냐하면 아들이 곁에 있는 여학생과 소곤거린 대화를 엿들은 때문이다. 생뚱맞게 웬 절? 나 혼자 제사지내는 게 엄두가 안 나 여기 모셨어. 누구? 우리 엄마. 자기 엄마 없어? 순간 눈시울이 뜨거워지면서 펼쳐놓은 금강경이 후두둑 젖었고 나는 비로소 깨달았다, 치밀하게 준비된 오늘 이 시간과 장소…….

어떤 고독사

김 혁

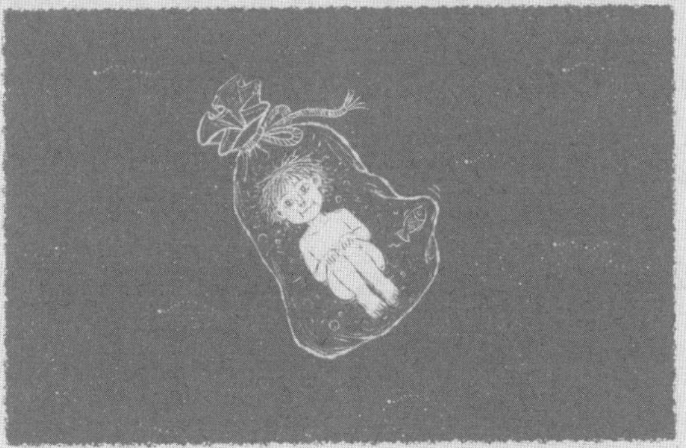

김 혁

경희대학교 한의과대학 졸업

1983년 한국일보 신춘문예 당선

장편 「장미와 들쥐」「지독한 사랑」「누가 울어」외 중·단편 다수 발표.

어떤 고독사

김 노인은 밤이 이슥할 무렵 불을 끄고 침상에 누웠다. 하지만 좀체 잠이 오지 않았다. 나이 탓에 잠을 쉽게 이루지 못하는 데다, 근래 들어 부쩍 심해진 속병 때문에 더욱 그랬다. 게다가 밖에서 들려오는 거센 바람소리에 심란하여 몸을 자꾸만 뒤척였다.

아내가 먼저 세상을 떠나고, 믿었던 옛 부하에게 사기를 당해 재산을 몽땅 날리고, 외국으로 이민 간 아이들도 몇 년 째 소식이 끊기는 바람에, 김 노인은 비좁은 지하 단칸방에서 홀로 쓸쓸하게 지낼 수밖에 없었다. 며칠에 한 번씩 들르는 동네 마트 주인과, 가끔 외출해서 만나는 친구 한 두 명 외에는 사람을 만날 일도 없었다.

김 노인은 요즘 들어 이처럼 잠 못 드는 밤이면, 지난 시절 자신이 저질렀던 일들이 생생하게 떠올라서 몹시 기분이 언짢았다. 이렇게 심약해진 것 또한 나이 탓일 것이다. 길을 가다가도 누군가가 달려들어 멱살을 잡고 소리칠 것만 같아서 흠칫 놀란 것도 한두 번이 아니었다. 지금도 밖에서 울부짖는 바람소리가 마치 자신을 향해 원망하고 저주하는 것처럼 들렸다.

- 허허, 내 초라하고 가여운 영혼이, 저 바람을 따라 병든 육신에서 빠져나가려고, 삐거덕거리며 몸부림치고 있는 것만 같구나.

- 누가 뭐라고 해도 나는 떳떳해. 암, 그렇고말고. 내가 수행한 그 많은 일들은 사실 국가의 명령을 받들어서 저지른 거지. 내 책임이 절대 아니야. 따지고 보면 나도 일종의 피해자야.

- 오, 불쌍한 내 영혼이여! 그동안 얼마나 고생이 많았느냐. 조금만 기다려라. 널 자유롭게 풀어 줄 테니까.

밤새 뒤척이다 새벽녘에서야 겨우 잠이 든 김 노인 앞에, 웬일인지 그와 똑 닮은 사내 하나가 말쑥한 차림새를 하고 나타났다.

"누, 누구여?"

김 노인이 비몽사몽간에 놀라서 물었다.

"날세. 너무 그리 놀라지 말게."

사내가 빙그레 웃었다. 어디서 본 듯 낯이 많이 익었다.

"글쎄, 누구냐니까?"

김 노인이 약간 역정을 냈다.

"허허, 잘 보게. 내 얼굴을 이제 깡그리 잊었는가?"

사내가 더욱 다정하게 웃으며 말했다.

"아니, 자네는…."

"그래, 이제야 알아보는군. 그동안 잘 지냈는가?"

"뭐, 그럭저럭. … 근데 어쩐 일로 이렇게 날 찾아왔는가?"

"왜, 내가 못 올 곳을 오기라도 했나?"

"그, 그게 아니라, 너무 뜻밖이라서…."

"늘 자네 생각을 했지. 그리고 때가 되면 한 번 찾아보리라 마음먹었지. 하지만 좀처럼 시간이 허락지 않아 미루다가 이제야 겨우 찾아왔네."

"음, 자네가 날 그리 생각해 주는 줄은 정말 몰랐네."

"거 무슨 섭한 말씀을…. 내가 어찌 자네를 잊을 수 있겠나?"

"그랬구먼. 안 그래도 되는데."

"아닐세. 내가 자넬 잊으면 도리가 아니지. 암, 아니고말고."

"어쨌거나 이리 찾아와 줘서 고마우이."

"정말인가?"

"정말이고말고. 근데 지금 보니 자네 참 잘 생겼구먼."

"허허, 다 자네 덕분이지. 내가 잘난 게 뭐 있나?"

"이제 보니 우리가 진즉에 만났어도 좋았을 것 같다는 생각이 드네."

"쑥스럽게 또 왜 이러시나. 너무 갑작스레 친한 척 하지는 말게."

“그래, 미안하네. 하지만 자꾸 옛 정이 생각나는 건 어쩔 수가 없네.”

“그럼 하나만 물어봄세.”

“뭘 말인가?”

“자네가 평생 해 온 그 일들 말일세. 그것에 대해 아직도 그처럼 당당하게 자부심을 갖고 있는지, 혹시 후회를 하고 있지는 않는지, 잘못에 대해서 솔직하게 인정을 하는지, 옛 정을 생각해서 정직하게 말해주게.”

“그래, 솔직히 인정할게. 많은 무고한 사람들이 내 손에 의해 하루아침에 무시무시한 간첩이나 반국가 사범으로 둔갑을 한 것을. 그리고 그들의 인생이 처참하게 망가져간 것을. 그들뿐만 아니라 그들의 가족과 친인척들까지 철저하게 망가져간 것을.

그들이 무죄라는 걸 나도 알고 있었지. 너무나도 잘 알고 있었지. 처음부터 내가 다 기획하고 조작하고 추진하고 처리한 일들이었으니까. 물론 내 혼자서 독자적으로 실행할 수 있는 일들은 아니었지, 내 위에 있는 국가라는 거대한 조직이 시킨 일이었으니까.

아무리 그래도 양심의 가책이나 인간적 번민을 느꼈을 법하지만, 천만에. 난 그런 사치스런 감상에 전혀 빠지지 않았어. 아니, 빠질 여유가 없었어. 그들에게는 정말로 미안한 말이지만, 국가라는 대의를 위해서 때로는 무고한 희생양도 필요한 법이라고 굳게 믿었지.

그래, 그들은 우리에게 꼭 필요한 희생양이었지. 그래서 난 자부심과 사명감을 가지고 열심히 일을 할 수 있었지. 날 어둠의 세력이라고, 아니 악마의 자식이라고 얼마든지 욕하고 비난해도 좋아. 아무리 욕하고 비난해도 난 아무렇지도 않으니까. 마치 악마가 신과 은밀한 계약을 맺고 자신에게 주어진 사명을 묵묵히 수행하듯이, 난 국가와 당당하게 계약을 맺고 해야 할 일을 열심히 했을 뿐이니까.

세상에는 말이지, 선 못지않게 악도 필요한 거야. 젖비린내 나는 애송이들이 민주니 인권이니 하고 떠벌리지만, 그런 것이 존재하기 위해서는 나 같은 어둠의 세력도 존재해야 하는 거야. 그리고 사실 그들이 부르짖는 그런 나라는 이 세상 어디에도 없어.

그동안 세월이 흐르면서 세상도 참 많이 변했지. 무엇보다도 개인보다 국가를 중요시하고 신성시하던 미덕이 점차 사라지고 있어서 안타까워. 정말 큰일이야. 그런데 최근 들어서 왜 이리 마음이 허전하고 쓸쓸하고, 인생을 헛산 것처럼 후회가 밀려올까? 도대체 내가 뭘 잘못한 걸까?

불치병으로 죽음이 임박한 지금, 난 아무런 미련도 후회도 없어. 처음엔 이런 몹쓸 병에 걸린 사실을 받아들이기 힘들었지만, 이제는 괜찮아. 오히려 하루빨리 죽고 싶을 정도로 편안해. 요즘 주변에서 암에 걸려 죽어가는 인간들이 어찌나 많은지 몰라. 따지고 보면 인간 자체가 암이니까, 그리 놀랄 일도 아니지….”

다음 날 아침, 김 노인은 깨어나지 못하고 영영 잠이 들었다. 그리고 얼마 뒤, 각 신문 부고란에 그의 사망 기사가 일제히 실렸다.

<전직 국정원장 김모씨 지병으로 별세. 한 달여 만에 고독사로 발견됨.>

해피 버스데이

배명희

배명희

2006년 중앙일보 등단

창작집 『와인의 눈물』

해피 버스데이

녀석이 4구역에 나타났다. 수십 개의 화면이 떠있는 대형 모니터에 녀석은 개미처럼 꼬물거렸다. 여자는 해상도를 높이려고 마우스를 움직였다. 음료, 장류, 과자, 라면, 커피와 차, 야채, 과일, 생선, 정육 코너, 어디에도 녀석은 없었다. 순간 이동하듯 여자의 시야에서 사라졌다. 지난 주, 사소한 도난사고가 있었다고 매니저가 질책했을 때 여자는 색 바랜 낡은 티셔츠를 걸치고 있는 아이를 떠올렸다.

여자는 화면을 앞뒤로 돌려보았다. 아이는 빵 코너의 진열장 앞에서 붉은 장미 잎을 흩뿌린 듯 장식한 케이크를 보고 있었다. 여자는 아이의 얼굴을 확인하려고 화면을 움직였다. 순간 여자는 자신의 눈을 의심했다. 아이가 또 사라졌다. 컴퓨터에 이상이 생긴 걸까? 여자는 매니저에게 한차례 경고를 받았다. 한 번 더 경고를 받으면 재계약은 되지 않을 것이다.

여자는 보안실을 나와 매장으로 통하는 계단을 달리다시피 내려갔다. 녀석은 일층 매장 출입문을 지나갔다. 여자는 녀석을 쫓아 밖으로 나갔다. 전등을 켜놓은 노상 주차장은 바닥에 떨어진 동전이라도 주울 수 있을 것 같이 밝았다. 아이는 건물 서쪽 모퉁이를 돌았다. 여자는 삼십분도 채 남지 않는 퇴근시간을 계산했다. 그 짧은 시간에 어떻게 진열장을 열고 케이크를 꺼낼 수 있었는지 의아했다.

건물 뒤쪽은 황량한 공터였다. 마트는 도심에서 떨어진 외곽에 있었다. 멀리 버스가 지나다니는 도로와 건물 사이의 넓은 지역은 지붕이 낮고 허술한 동네가 있었다. 재개발을 한다고 한바탕 광풍이 지나간 다음 동네는 폐허가 되어 지금은 아무도 살지 않았다. 아이는 사람들이 살지 않는 마을을 향했다. 달이 없다면 아이를 뒤따를 생각 따위는 하지 않았을 것이다. 녀석은 벽체만 남은 집을 지나 시커멓게 그을려 폭삭 주저앉은 집들을 지나쳤다. 부서진 시멘트덩이와 쓰레기들로 메워진 골목을 걸었다. 그림자도 없는 아이의 뒤를 밟는 여자의 가슴이 뛰기 시작했다. 여자는 한 손으로 가슴을 눌렀다. 숨이 막힐 것 같아 하늘을 향해 공기를 몇 번이나 들이마셨다.

모퉁이를 돌 때마다 과거의 시간이 여자의 앞으로 맹렬하게 달려들었다. 부서진 벽과 담장이 세워지고 불탄 기둥과 창문이 원래의 색으로 돌아갔다. 그럴 때마다 여자는 돌아가야겠다고 생각했다. 까짓 케이크 변상하면 될 터였다. 자신은 전임자처럼 도둑 누명을 쓰고 쫓겨나 건물 옥상에서 뛰어내리는 짓은 하지 않을 것이다. 그런 행동은 아무 의미가 없다. 결백이 증명되는 것도 아니고 억울함을 풀어줄 사람도 없다. 투신을 한 전임자와 내연의 관계라고 소문이 파다했던 계산원은 오늘도 착실히 근무했다.

아이가 파란 페인트가 칠해진 문으로 들어갔다. 여자는 떨리는 손으로 칠이 벗겨진 대문과 작은 우편함과 손잡이를 차례로 더듬었다. 차가운 금속의 촉감이 온몸으로 퍼졌다. 남편이 돌아오지 않던 많은 날들. 여자는 동공이 비어버린 눈으로 마을 초입을 바라보았다. 오래 앓던 아이의 숨이 작은 몸을 빠져나가는 것도 알지 못했다.

어두운 집 안에서 두런거리는 소리가 들렸다. 여자는 마루 위로 올라섰다. 방문을 열자 펑, 펑 소리와 함께 수많은 별이 머리 위로 쏟아졌다. 금박 은박 종이들이 나비처럼 방안을 날았다. 하얀 생크림 케이크에 가느다란 초가 꽂혀 있었다. 초 끝에서 아이의 숨결 같은 작은 불꽃이 여자의 나이만큼 타고 있었다.

여보 생일 축하 해. 여자는 물끄러미 남편을 보았다. 돌아왔구나. 당신. 여자의 얼굴이 환해졌다. 엄마 생일 축하해. 아이는 남자의 커다란 등 뒤에 수줍게 서서 말했다. 여자는 아이에게 다가가

한 쪽 무릎을 바닥에 내려놓고 앉았다.

너였구나. 우리 아기. 몰라 봤구나. 미안해. 여자는 아이를 끌어당겨 품에 껴안았다. 아이는 너무나 가벼워 마치 공기를 껴안은 것 같았다.

당신이 좋아하는 팥밥이랑 소고기 미역국도 끓였어. 친구 부부가 오기로 했는데 좀 늦는데. 아내의 퇴근시간이 늦어서 어쩔 수 없다나. 당신 배고플 테니 먼저 밥 먹자.

남자는 식탁을 차렸다. 생선 구이와 시금치나물, 구운 김과 무말랭이 무침과 김치가 정갈했고 잡채와 생선전이 소박한 생일 식탁을 풍성하게 만들었다.

여자는 식탁에 앉아 남자의 어깨와 등을 더듬었다. 단단한 허벅지와 노동으로 단련된 투박한 손을 쓰다듬었다. 여자의 손바닥은 남자의 몸을 섬세하게 따라갔다. 마지막으로 남자의 뺨과 입술과 코와 눈두덩을 만졌고 이마를 지나 머리칼 속으로 손가락을 집어넣고 눈을 감은 채 한동안 그대로 있었다. 남자는 여자의 손에 순순히 몸을 맡겼다. 여자가 눈을 뜨자 남자가 숟가락을 쥐여 주었다. 여자는 남자가 자신에게 한 것처럼 아이의 손에 숟가락을 쥐여 주었다. 세 사람이 함께 밥을 먹은 것이 언제였더라? 여자가 그런 눈으로 남자를 보았다. 남편이 말했다.

동네를 철거하려고 용역들이 물밀 듯 마을 어귀로 몰려온 날이었어.

건설회사에서 보낸 용역들은 난폭했다. 불안해진 주민들이 대책위를 만들었고 젊은 축에 속한 남편은 늘 앞에 서있었다. 여자는 과거를 떠올리려고 애를 썼다.

그랬지. 용역이 사람을 때리고 집을 부순다고 신고를 해도 경찰은 오지 않았어. 텔레비전에서는 우리가 돈을 더 받기위해 떼를 쓴다고 방송을 했고. 그런데 농성장에 왜 시너 같은 위험한 것들을 가득 쌓아놓았어? 그것만 없었으면…….

여자는 화가 나는 듯 목소리가 조금 커졌다. 남자가 여자에게 변명하듯 말했다.

그건 그냥 부적 같은 거였어. 철거에 동원된 수많은 중장비와 수십 명의 용역들을 보자 물속으로 가라앉는 것 같은 절망감이 들었거든. 더 무서운 것은 아무도 우리에게 관심이 없다는 사실이었어.

수도가 얼어터지던 겨울 새벽, 주민들이 파수를 서던 농성장에 화염이 치솟았다. 불길에 휩싸여 일 곱 명이 죽었다. 그중에는 용역과 경찰도 한명씩 있었다. 먹물처럼 까만 새벽에 경찰과 용역이 왜 그곳에 있었는지 아는 사람은 없었다. 사람들은 처참한 광경에 눈을 감았다. 여자는 자신을 막아서던 사람들을 떠올렸다. 불이 난 농성장을 검은 벽처럼 에워싼 사람들. 산자들은 아무도 죽은 자를 볼 수 없었다. 주검을 확인하지 못했으므로 가족들은 온전히 이별을 할 수도 애도의 시간을 보낼 수도 없었다.

마당을 밟는 소리가 들리더니 쾌활한 목소리가 날아왔다.

늦어서 미안하네.

여자는 의자에서 일어나 남편의 친구 부부에게 가볍게 머리를 숙였다. 친구의 아내는 검정 블라우스와 바지 차림이었다. 그녀가 나비 모양의 머리핀과 흰 국화 한 다발을 내밀었다. 꽃을 받을 때 여자는 그녀를 알아보았다. 마트에 한 명뿐인 정규직 계산원이었다. 여자는 삼층 보안실에서 일했고 그녀는 매장 계산대에 있었기 때문에 마주칠 일이 별로 없었다. 게다가 늘 하늘색 유니폼을 입은 모습만을 보아왔기에 긴가 민가 싶었다.

축하해요.

그녀의 목소리는 차분하고 낮았다. 복도나 매장에서 만나면 서로 무심히 스쳐간 사이였다. 그녀가 같은 동네에 살았고, 불이 나던 날 새벽에 그녀의 남편도 화염과 함께 사라졌다는 사실을 알게 되었다. 여자는 그녀의 남편을 훑어보았다. 화상이나 상처 같은 것은 없어 보였다. 여자가 그랬던 것처럼 그녀도 자신의 남편을 몇 번이나 더듬고 만지고 확인했을 것이다. 시공을 벗어나면 모든 것은 완벽해지는 것 같았다.

남편은 친구 부부의 식탁을 차렸고, 여자는 커피를 타고 케이크를 내왔다. 아이는 여자의 바지춤을 잡고 내내 따라다녔고 마당에는 달빛이 가득했다.

누군가 거칠게 문을 두드렸다. 여자는 퍼뜩 눈을 떴다. 주임이 싸늘하게 굳은 얼굴로 전화를 받지 않아 직접 왔다고 했다.

식품 매장 몇 곳의 계산이 맞지 않아요. 계산원들도 대기 상태로 있으니 CCTV를 확인하고 수상한 점이 있으면 즉시 보고해주시오

전화소리도 듣지 못할 만큼 깊은 잠에 빠져있었던 것일까? 여자는 식품진열대, 빵집 유리장 앞, 매장 출입구 등을 몇 번이나 보았다. 여자는 화면을 돌리고 또 돌렸다. 아이의 모습이 보이기를 간절히 바랐다. 얼마나 그러고 있었는지 알 수 없었다. 주임은 더 이상 보안실 문을 두드리지 않았다. 왜 연락이 없는 걸까? 결산을 맞추었나? 라는 생각이 들었을 때 매장의 전등이 차례로 꺼졌다. 마지막으로 입구 쪽 전등이 꺼졌고 모니터가 어두워졌다. 여자는 유니폼을 벗고 옷걸이에 걸어두었던 재킷을 꺼내 입었다. 퇴근 시간은 이미 지나있었다. 컴퓨터를 야간 모드로 변환시키고 보안 스위치를 올렸다.

일층 비상문을 향해 가는데 누군가의 뒷모습이 보였다. 정규직 계산원이었다. 여자는 그녀가 보안등 불빛 바깥으로 나갈 때까지 바라보았다. 그녀는 검은 블라우스와 바지를 입고 있었다. 여자는 방금 자신이 거쳐 온 비상구로 몸을 돌렸다. 계단을 두 세 개씩 뛰어 단숨에 삼층 보안실 문을 열어젖혔다.

밀폐된 방안에 향기가 가득 차 있었다. 나갈 때는 왜 못 보았을까? 하얀 국화가 탁자위에 놓여있었고 옆에 머리핀이 있었다. 여자는 꽃을 들고 급히 밖으로 뛰었다. 주차장은 텅 비어있었다. 커

다란 달이 높이 떠있었다. 문득 어릴 적 어머니가 한 말이 떠올랐다.

너는 달처럼 환하고 밝은 길만 걸을 거야.

여자는 남편의 몸을 만졌던 손으로 자신의 뺨을 감쌌다. 아이의 작은 몸을 껴안던 느낌이 살아났다. 얼마만인가. 누군가와 함께 밥을 먹고 이야기를 나눈 것이. 여자의 두 눈이 축축하게 젖어들었다. 달빛에 눈이 부셔서 눈물이 난다면 믿을까? 여자는 달 빛 속에 오래 서있었다.

뼈의 춤

안영실

안영실

1996년 문화일보 중편소설 「부엌으로 난 창」으로 등단

2013년 창작집 『큰 놈이 나타났다』

2013년 프랑스 éditions Philippe Rey에서 공저 『Nocturne d'un chauffeur de taxi』 출간

2015년 한뼘자전소설 『나는 힘이 세다』 이북출간

2016년 소설집 『화요앵담』 출간

뼈의 춤

루 꼬르띠아르의 저서 「뼈의 춤」에는 끝없이 이어지는 의문의 정원이 등장한다. 그것은 앙트완 드 생텍쥐페리의 죽음에 관한 추리로 만들어진 정원이다. 「르 파리」지에 기고하며 시작된 글에서 루는 여러 갈래의 의문으로 시작되는 길을 제시하였다. 당시에는 글줄이나 읽는 사람들은 모두 구독하였다는 잡지였으나, 루의 추리를 마음에 들지 않아하는 독자들 때문에 그는 기고를 중단해야만 했다. 루는 자신의 원고를 영세한 출판업자에게 맡겨 출간했다. 그의 글은 출간 당시에는 거의 알려지지 않았는데, 이상하게도 시간이 지날수록 그의 책을 찾는 사람이 늘어났다. 루는 의문을 제시하는 정원을 만들었을 뿐, 길을 이은 사람들은 그의 독자들이었다. 그들에 의해서 길은 계속 이어지고 확장하여 끝 모를 미로를 만들어갔다. 그러나 정작 「뼈의 춤」을 읽은 사람들이 그의 글에 관한 서평을 남기지 않는 것은 아무래도 이상한 점이라 할 수 있다.

루는 정원의 한 갈래에 가장 비중을 두었는데, 그것은 1998년 9월 마르세유 근처에서 한 어부에 의해 발견된 은팔찌에 관한 것이었다. 생텍쥐페리의 것으로 추정되는 은팔찌는 그의 아내 콘수엘로의 이니셜이 새겨져 있었다. 그의 비행기가 행방불명되었을 때, 독일 공군의 조종사였던 호르스트 리페르트는 자신의 메서 슈미트기가 마르세유 방향으로 가고 있던 P38기를 격추시켰으며 자신의 기관총에 여러 발을 맞고 바다로 곤두박질치는 것을 똑똑히 보았다고 했다. 리페르트는 기자회견에서 만약에 그것이 생텍쥐페리가 탄 비행기라는 것을 알았다면 절대 기관총을 난사하는 잘못을 저지르지는 않았을 것이라고 말했다. 자신은 어린왕자를 여러 번 읽은 팬이었기에 더 고통스러웠다고 고백했다. 독일군으로서는 영웅적 행위였을 그의 전투가 한 권의 책으로 인하여 죄의 나락으로 떨어져버린 것이었다. 그러나 당시 독일 공군에 남아있는 기록에 의하면 1944년 7월 31일에 P38기를 격추시켰다는 기록은 없다. 당시에 리페르트가 자신의 영웅적인 행위를 보고하지 않았을 이유는 없었다. 심리학자들은 리베르트가 전쟁 중에 행한 자신의 살인행위에 대한 무거움을 감당할 수 없었는데, 생텍쥐페리의 죽음을 계기로 자신이 갖고 있던 통회의 심정을 그렇게라도 고백한 것이라고 해석했다.

해저에서 발견된 비행기 잔해를 검수한 학자들은 조심스럽게 심리학자들의 의견을 반박했다. P38기 잔해에서는 탄환구멍이 전혀 발견되지 않았으며, 비행기는 엄청난 속도로 바다로 곤두박질친 것 같아 보인다고 주장했다. 비행기 앞부분의 스테인리스 스틸이 구부러져서 주름이 잡힐 정도의 충격이 있었다면, 그것은 바다에 빠지는 마지막 순간까지도 조종사가 엔진을 풀가동하였다는 뜻이며, 비행기는 거의 수직 낙하한 것으로 보인다는 의견이었다. 그러나 누구나 죽음에 대한 공포를 가지고 있으며, 자살하는 사람이라도 스스로 바다를 향하여 비행기를 돌진하는 방법을 택하기는 어렵다는 심리적 기전을 이유를 들어, 그것은 사실상 불가능한 추락이기 때문에 가설일 뿐이라고 발표했다. 그러나 루는 생텍쥐페리가 항상 '삶은 하나의 작품'이라고 말해왔다고 했다. 그가 포도주에 취했을 때는 인간의 삶은 근본으로 향하기 위한 투쟁이라고 목소리를 높였다고 했다. 또한 마지막 비행을 배웅했던 동료들은 그가 조종석에 앉으면서 "자, 이제 뼈를 위한 비행을 할 때가 되었군!"하며 실없는 농담을 던지며 이상하게 큰 소리로 웃었다고 증언했다며, 그가 뼈를 향한 길을 택했을 확률이 높다고 주장했다.

생텍쥐페리의 의문스러운 죽음과는 상관없이, 그가 어린왕자처럼 사라져버렸다는 사실은 오히려 신성한 신화로 해석되었다. 따라서 더 이상 의문점을 파헤치지 말라는 여론도 만만치 않았다. 특별히 출판시장에서는 지상에 내려왔던 어린 왕자가 자신의 별로 되돌아갔다는 설정이 꽤나 그럴싸해 보였다. 그들은 의문점이 많아 신비스러워진 죽음이야말로 가장 어린왕자다운 탁월한 선택이라며, 더 이상 그의 죽음을 거론하지 말라고 루를 압박했다. 그들 중에는 루에게 작품을 중단하라는 요구가 담긴 협박편지를 보내오는 사람도 있었다. 그러나 루는 자신의 작품을 향한 질타에 개의치 않았다. 루는 자신의 글이 진실에 가까이 접근한다면, 진리에도 가장 가깝게 접근하게 되는 일이라고 믿었기에 글쓰기를 멈추지 않았다.

당시에 생텍쥐페리가 다른 세계에 집착하였다는 소문은 쉽게 납득이 가지 않는다고 루는 주장했다. 그의 방에서 메리 셸리의 「프랑켄슈타인」이나 러브 크래프트의 「어둠의 망령」, 브램 스토커의 「드라큘라」 같은 호러물이 발견되었다지만, 그것은 아인슈타인도 탐독했던 그의 다양한 독서 습관의 반증이라고 말했다. 루는 독자들이 생텍쥐페리에게 「어린왕자」의 감수성만을 주문한다면, 그것이야말로 어리석은 일이라고 일침을 놓았다. 그는 전투 비행사였지만 동시에 다양한 사유가 필요한 작가였으므로 세계와 상상력은 자유로웠으니, 그의 머릿속에는 적어도 일 만 이천 봉의

봉우리가 존재했을 것이라고 단언했다.

「르 파리」지에서는 당시에 유행하고 있던 생상스의 「죽음의 무도」와 「야간비행」의 연관성에 대한 의문을 묶어보자고 했지만, 루는 생텍쥐페리의 죽음을 어떤 식으로든 언론의 구미대로 적당한 모양을 만들려는 짓이야말로 오래된 썩은 관례라며 일축했다. 편집자는 다시 드골과 생텍쥐페리와의 불화설에 대해 잘 알고 있는 루에게 그들의 관계에 관한 글을 써보라고 회유했지만, 루는 발끈하며 목소리를 높였다.

"전쟁이란 아무 의미도 없으며 인간이 한 인간의 진리와 다른 인간의 진리를 적대관계에 놓아서는 안 된다고 했던 그였습니다. 그는 프랑스뿐만이 아니라 인류 전체에 경이와 찬탄을 보내곤 했어요. 그런 그가 나치에 협력했을 것 같습니까?"

루가 주장하는 또 다른 길은 은팔찌와도 연결되는 지점에서 다른 길을 펼쳐놓고 있다. 생텍쥐페리는 이미 6년 전부터 아내와 별거를 시작했다. 그는 자신을 온전히 이해해주기를 바랐지만, 이미 두 번이나 전남편을 잃었던 그의 아내는 비행에 대한 불안을 떨칠 수가 없었다. 혼자 집에 남겨지는 일을 고통스러워했던 그는 우울과 신경증으로 잠을 이루지 못하곤 했다. 비행 제한연령을 훌쩍 넘어서도 그가 비행을 고집했던 이유는 홀로 하늘 위에 떠 있으면, 지상의 작은 점들이 오히려 편안하고 다정스럽게 말을 걸어오는 것 같았기 때문이라고 말하기도 했다. 루는 그의 죽음은 외로움과의 사투 끝에 내린 결단이었을 지도 모른다고 적고 있다. 게다가 그가 사고를 당하기 전 해인 1940년에는 가장 가까웠던 동료 기요메가 죽었다. 기요메의 죽음 이후에 그는 더 무거운 고독을 짊어졌다. 그는 고독을 멈추기 위해서 늘 향하고자 했던, 인간이라면 누구나 다가서야 하는 그곳을 향하여 가기로 결정했다. 뼈를 향한 기회는 단 한 번밖에 없다고 하던 그였다. 그날은 그에게 주어진 마지막 비행이었고, 그가 뼈를 향해 춤을 출수 있는 마지막 기회이기도 했다.

루는 여러 갈래의 의문을 제시했을 뿐, 매듭을 풀어주지는 않았다. 그의 글은 입구 개방형이어서 독자들이 어떤 한 갈래의 길을 택해 들어가는 방식으로 시작된다. 어떤 갈래를 따라 진입하는가는 전적으로 글을 읽는 사람들의 몫이었다. 루는 갈림길의 교차점에 쇠뜨기 풀을 심어놓았다. 그것은 나중에 돌아 나오려고 하는 사람들을 위한 배려였다. 루가 정한 원칙 중의 하나는 쇠뜨기 풀을 기점으로 왼쪽으로만 길을 만들어 나가라는 것이었다. 그래야 나중에 오른쪽 방향에 있는 쇠뜨기 풀을 따라서 나올 수가 있었다. 그러나 길을 따라가는 사람들 중에는 상상력이 아주 풍부하여, 왼쪽은 물론이고 오른쪽에도 자신만의 길을 만들기도 했다. 어떤 사람들은 사방팔방에 길을 뚫어놓아 자신이 만든 길이 어디에서 시작하여 어디로 가는지 알 수 없게 되어버렸다. 오늘 선택한 길이 과거의 모든 길을 새롭게 바꾸었으므로 사람들에게 완전한 길이란 없었다. 설상가상으로 쇠뜨기 풀은 염소들이 모두 뜯어먹어버려서 처음의 길마저 존재하지 않게 되었다. 그들은 진정 자유롭게 되기 위해 필요한 것이 하나뿐임을 알았다. 그것은 어제의 길을 찢고 오늘의 길을 걷는 일이었다.

루가 만든 끝없이 이어지는 의문의 정원 앞에는 팻말이 붙어 있는데, 그것은 생텍쥐페리의 「야간비행」에 등장하는 비행사 파비앵의 대사였다.

'인간은 선택하고 나면 삶이 빚어낸 우연에 만족하며 그곳을 사랑하는 법이지.'

루의 글을 통해 그의 정원에 들어가게 된 자들은 대부분 홀로 살거나 연인과 헤어져 외로운 사람들이라는 관계당국의 조사가 있었지만, 돌아와 증언하는 사람이 없으니 정확한 사실은 확인할 수가 없다.

지금도 끝없이 펼쳐진 루의 정원에서는 우연의 길과 바람의 물결에 몸을 맡긴 사람들이 아직도 그 길 위에 남아있다. 「뼈의 춤」에는 자신의 저서와 운명을 함께한 생텍쥐페리에 대한 의문과 추리의 길이 펼쳐져 있지만, 사실 루의 글은 조금 더 교묘하다. 그가 만든 여러 갈래의 길에서 지금도 돌아오지 못하고 끊임없이 길을 열고 닫는 자들에 의해서 이제 <뼈의 춤>은 전설이 되어버렸기 때문이다.

친구에게 가는 길

심아진

심아진

1972년 경남 마산 출생, 1999년 「21세기 문학」을 통해 등단

소설집 『숨을 쉬다』 『그만, 뛰어내리다』 『여우』 『어쩌면 진심입니다』

미니픽션집 공저 『그 길, 나를 곁눈질하다』 『내 이야기 어떻게 쓸까?』 『나를 안다고 하지 마세요』

친구에게 가는 길

무심하거나 냉소적이지 않은 적이 없는 신이 어쩐 일로 손가락 하나를 공들여 움직일 때가 있다. 친구와 내가 동서울버스터미널에서 만난 것은 바로 그 순간이었을 것이다. 여행용 가방을 파는 가게에서, 우리는 커다란 트렁크에 동시에 손을 뻗었다. 친구나 나나, 상대를 그저 누군가와 닮은 얼굴이겠거니 여길 수 있을 만큼 늙지는 않았다. 십삼 년, 아니 어쩌면 그보다 더 오랜만이었다.

친구가 우연히 나를 만난 데 대해 기쁘게 여겼을지, 당혹스럽게 여겼을지는 모를 일이다. 어쨌거나 우리는 연락처를 주고받았고, 내 전화기 문자함에는 그의 주소가 찍혀 있었다. 꼭 한번 놀러오라는 당부와 함께.

친구가 애견 사업을 하며 살고 있다는 곳은 지리산 골짜기 한복

판 시골 마을이었다. 내가 사는 송파구에서 차로 가면 4시간이 채 걸리지 않았지만 기차나 버스로는 하루 안에 갈 수 없는 곳이었다.

옛 친구에게 가보기로 했다. 하지만 혼자서는 나설 엄두가 나지 않았으므로 다른 세 친구를 부르지 않을 수 없었다. 내게는 언제 어디서든 도움의 손길을 줄 수 있는 친구들이 많았다. 우선 차 주인으로서 싫든 좋든 함께 가지 않을 수 없는 S, 자신이 모르는 일은 알 필요가 없는 것으로 간주해버리는 결점이 있지만 실제로 꽤 아는 게 많은 은하, 그리고 미국 태생이지만 한국 어디든 모르는 곳이 없다고 자부하는 링컨이 그들이었다.

자, 직진이야. 성격 급한 링컨이 포문을 열었다. 도심을 통과하는 것보다 올림픽대로를 타고 가다가 강일 IC로 빠지는 게 나아. 강대국 출신 특유의 경쾌함과 자부심을 보이며 그가 단언하자, 자부심이라면 뒤지지 않는 은하가 발끈했다. 중부고속도로 곳곳이 공사 중인 거 모르나보지? 두 친구가 주도권을 잡으려는 유치한 다툼을 시작했지만, S는 침묵했다. 자신의 차만큼이나 나이를 먹은 그녀는 일일이 나서지 않아도 세상사라는 게 다 저 돌아갈 대로 돌아간다는 듯 급격히 말 수를 줄여가고 있었다. 나는 은하의 기분을 상하게 하기보다는 뒤끝 없는 링컨을 무시하는 게 낫겠다는 결론을 내렸다.

강아지를 기르는, 아마도 길러서 분양을 하는 친구. 사실 그에 대해 기억나는 게 많지 않았다. 학교 담장 벽을 향해 바람 빠진 공을 번갈아 차댔던, 컴컴한 PC 방에서 담배를 피웠던, 기름진 어떤 음식을 우물거리며 소주잔을 부딪쳤던…. 그 모든 기억들이 불확실하게 머릿속을 맴돌았다. 어느 날 부엌 찬장에서 뜬금없이 큰돈을 발견했을 때처럼 반가움과 배신감이 동시에 들었다. 어쨌거나 그 느낌은 "꼭 한번 놀러와."를 단순한 인사치레로 받지 않을 명분이 되었다.

교통체증이 엄청났다. 링컨은 모두가 자신의 말을 듣지 않아 생긴 일이라는 듯, 다시 한 번 중부고속도로를 언급했다. 로터리 돌면서 세 번째 길로 나가. 하지만 은하는 우유부단한 내게 쐐기를 박듯 또렷하게 외쳤다. 두 번째 출구. 여태 침묵을 지키던 S마저 "직진." 이라고 말했으므로, 나는 소신은 없고 성질만 조금 있는 자의 전형을 그대로 밟아 한 바퀴를 더 돌았다. 모든 곳에 출구가 있었지만, 나를 위한 출구는 없는 듯했다. 세 친구가 시끄럽게 투덜거렸다. 두 번째 출구라니까! 세 번째 출구! 하지만 내가 한 바퀴를 더 돌고 세 번째로 로터리를 돌기 시작하자, 그들은 나를 위해 참을 수밖에 없다는 듯, 이제 화해할 수밖에 없다는 듯 동시에 말했다. 지금 나가! 나는 자유에 대해 전혀 아는 바가 없는 노예처럼 그들의 말에 순종했다. 내 감각은 이미, 가족에게서조차 버림받은 치매환자처럼 탄력을 잃었다. 옛 친구와 나는 어디에 있었던 것일까?

동서울고속터미널에서 새 가방을 사려는 이유를 빤히 보여준 친구의 가방은, 그러니까 새 가방에 뻗지 않은 다른 손으로 쥐고 있던 내 친구의 가방은 지나치게 낡아 있었다. 손잡이는 검은 손때와 테이프 자국이 선명했고, 모서리에 덧댄 가죽은 찢어지기 일보직전이었다. 그날, 친구와 나는 가방을 사지 않았다.

서울 시내를 빠져나오는 데만 한 시간이 넘게 걸렸다. 시내를 통과하는데 시간을 낭비하고 결국 경부고속도로를 타야 한다는 사실을 미리 알았더라면, 처음부터 링컨의 말을 따랐을 텐데…. 은하는 시치미를 떼고 새초롬하게 있었으나 자신의 실수를 깨닫고 괴로워하는 게 분명했다. 나는 그녀를 달래주기 위해 음악을 부탁했다. 은하는 언제든 내가 자신에게 의지하기를 바랐고, 그래주면 만족해했다. 은하는 아델의 '우리가 어렸을 때 When we were young'를 골랐다. 나는 '그대가 내가 이전에 알았던 사람이기를 바란다 Hoping you're someone I used to know'는 부분을 따라 불렀다. 나는 아델이 부르는 노래들을 좋아하지 않았지만 그녀의 목소리를 좋아했고, 가사를 내 마음대로 해석해서 갖다 붙이길 좋아했다. 그리고 그 순간, 친구의 목소리가 떠올랐다. 친구는 아델만큼이나 허스키한 목소리를 갖고 있었다. 넌 어쩔 건데? 언젠가 그는 분명, 그렇게 물었다.

차는 이제 우로도 좌로도 빠져나갈 일 없이 직진만 하면 되었다. 하지만 이 모퉁이와 저 모퉁이를 연결시키지 못하는 나를 배려해, S가 짬짬이 '계속 가라'는 말을 해주었다. S는 아무런 다른 낙이 없는 할머니가 손자를 돌보듯 내게 살뜰히 대했다.

매연에 누렇게 뜬 나무들이 피로한 행렬을 끝내면, 끝이 동그랗게 굽은 소음방지 벽이 뒤를 이었다. 운전대를 잡은 지 세 시간이 지나고 있었다. 검은 연기에 치를 떠는 나무들, 아파트를 보호하고 있노라고 착각하는 벽들, 높은 아파트, 조금 더 높은 아파트, 다시 축 늘어진 덤불들, 더욱 기를 쓰는 벽들…. 서서히 해가 지고 있었다. 깡촌에 살고 있는 내 친구도 지는 해를 보고 있을까? 학창 시절 그가 개를 좋아했는지, 생각나지 않았다.

10킬로미터 직진 후 함양 IC에서 빠져 12번 국도를 타야해. 은하가 그렇게 말했는데도 링컨은 입을 열지 않았다. 나는, 링컨이 늘 한국에 대해 아는 체를 하지만 실상 그의 지식이라는 게 10년 전에 비해 나아진 게 없음을 모르지 않았다. 국도를 탔으니, 그것도 서울에서 한참 멀리 있는 경상도의 시골 길에 들어섰으니, 링컨이 기 죽을 만도 했다. S 역시 조용한 가운데 은하만이 명랑했다. 그녀가 가진 모든 교양과 지식과 자비를 내게 마음껏 베풀 수 있어서, 무엇보다 S나 링컨을 제치고 그렇게 할 수 있어서 기쁜 듯했다. 나는 친구들이 은근히 서로를 질투하는 게 싫지 않았다.

은하의 지시에 충실히 따라 비포장도로로 들어섰다. 해가 빠른 속도로 지고 있었다. 농가인지 폐가인지 구분할 수 없는 집들이 드문드문 나타났다 사라졌다. 나는 비교적 넓은 도로 한쪽에 차를 세웠다. 집에서 출발해 친구의 집을 찾아 나선 이후 4시간 가까이, 단 한 번도 휴게실에 들르지 않았던 것이다. 내가 차를 방패삼아 급히 볼일을 보는 사이, S는 차의 내부를 응시했고, 은하는 차의 천장을 바라보고 있었다. 링컨만이 미국인들과 한국인들의 차이에 약간의 관심이 있다는 듯 힐끗 나를 보았다. 이쪽이든 반대쪽이든 지나가는 차는 한 대도 없었다. 나는 갑자기 은하를 얼마나 신뢰할 수 있을지 의문스러웠다.

처음 예상대로라면, 도착했을 시간이었다. 운전대를 다시 잡자마자 내가 물었다. 얼마나 더 가야 하지? 갑자기 은하가 히스테리를 일으켰다. 얼마나 더 가야 하지? 얼마나 더 가야 하지? 그녀가 내 말을 반복해서 따라 하기 시작했다. 가끔 있는 일이었다. 그녀를 믿지 못하고 조급하게 물은 내 실수였다. 나는 은하가 발작을 일으킬 때 어찌해야 하는지 알고 있었다. 조용히 있는 게 상책이었다. 아무런 대꾸도 하지 않고 아무것도 묻지 않고 숨만 죽이고 있으면, 그녀는 곧 진정되곤 했다. 하지만 링컨이 은하를 조롱할 수 있는 기회를 놓칠 리 없었다. 우회전 후 1킬로미터 직진, 다시 우회전. 빼기는 듯한 그의 말투가 은하를 더 자극했음에 틀림없었다. 그녀는 거의 비명에 가까운 소리를 질렀다. 네 말을 알아들을 수 없어. 얼마나 더 가야 하지? 얼마나 더 가야 하지? 은하의 소리가 거슬려서인지 S도 언성을 높이기 시작했다. 차를 돌려! U턴! 링컨이 가세했다. 오른쪽 유지해. 오른쪽! 하지만 유지해야 할 오른쪽 길이라는 것은 애초에 없었다. 차를 돌릴 곳도 없었다. 우리가 있는 곳은 중앙선의 구분조차 모호한 돌길이었다. 그러나 세 친구는 멈추려들지 않았다. 각기 다른 길을 알리는 그들의 목소리 때문에 나는 정신을 차릴 수가 없었다. 심장이 마구 뛰었고, 숨을 제대로 쉴 수가 없었다. 그만, 그만 하라고! 나는 차를 돌려 돌아가고 싶었다. 창이 없는, 작고 어두운 내 방으로 돌아가고 싶었다. 하지만 길을 모르는 나는 좌로도 우로도 갈 수가 없었다. 넌 어쩔 건데? 옛 친구의 허스키한 음성이 또 떠올랐다. 난 어쩌지?

분명 목적지 부근이었지만 아무것도 보이지 않았다. 허름한 가건물조차 없는 들판에서 세 친구는 끝까지 서로 다른 길을 제시하며 나를 몰아세웠다. 그들만을 믿었건만…. 어쩌면 신은, 예전에 잃어버린 시간이 앞으로 잃어버려야 할 시간과 한 치도 다르지 않음을 알려주기 위해 그저 손가락 장난을 쳤을 뿐인지도 몰랐다. 아니 어쩌면, 신의 손가락 따위는 예전에 부러져버렸을지도 몰랐다.

시골에서는 더 선명하다고 들었던 별들이 그런 일은 기대도 말라는 듯 희부윰하게, 폐암환자의 마지막 기침 같은 빛을 뿜어내고 있었다. 의욕 없어 보이는 달마저 구름 뒤로 숨었다. 차는 이제 막 다른 곳에 다다라 있었다.

나는 차량 장착 네비게이션 S의 지도 화면을 없애고 대신 FM 라디오를 틀었다. 지지직거리는 소음이 거슬렸지만, 또 내가 좋아하는 아델의 노래는 아니었지만, 들어줄만한 가요가 흘러나왔다. 앞 유리에 붙여놓은 휴대용 네비게이션 링컨의 전원도, 스마트폰 은하의 전원도 꺼버렸다. 한숨 자고 나면, 해가 뜨면, 익숙한 작은 내 방으로 돌아가면, 떠난 일 없는 것처럼 시치미를 떼면…, 그뿐이었다. 친구에게 가는 길 따위 없어도 그만이었다. 내게는 곧 완전히 충전되어 활기차게 나를 끌어줄 다른 친구들이 있었다. 나는 곤히 잠든 세 친구의 얼굴을 오래 바라보았다.

살아 있는 남자

양동혁

양동혁

2014년 제6회 구상문학상 젊은작가상을 받으며 등단했다.

살아 있는 남자

2030년, 혼자 사는 중년 K는 편의점에 다녀오는 길에 자신의 자취방 앞 우편함에 국민건강보험공단에서 온 건강검진표가 꽂혀 있는 걸 보았다. 좁은 자취방에서 편의점에서 사 온 도시락을 먹고 병원으로 갔다. 혼자 사는 탓에 자신의 건강은 자신이 챙겨야 했다. 병원에서 의료보험 확인을 하고 문진표를 받아 작성했다. 과거 병력, 가족력, 가정환경, 결혼 여부, 음주 여부, 흡연 여부, 운동 여부, 그리고 새로 추가된 항목이 있었다.

사랑하는 가족과 함께 살고 있는가?
가족은 몇 명인가? 누구와 함께 지내는가? (반려동물 제외)
평균 하루에 몇 명의 사람을 만나 대화하는가?

친구는 몇 명이나 있고 얼마나 자주 만나는가?

직업은 무엇이고 평소 무엇을 하며 지내는가?

K는 성실히 답변했다. 아니요. 요양원에 계시던 부모님은 얼마 전 돌아가셨다.

1명, 그리고 카프카라는 이름의 반려견의 이름을 적었다가 지웠다.

여러 명, 하지만 대화를 나누는 사람은 없음.

2~3명, 자주 만나지는 않음. 그러고 보니 언제 마지막으로 만났는지 얼굴도 가물가물했다.

그리고 직업에 대해서 무어라 쓸지 잠시 고민했다. 딱히 직업이라고 할 만한 게 없었지만 백수라고 적기는 싫었다. 부모님이 얼마간의 유산을 물려준 덕에 딱히 일할 필요도 없었다. 평소에는 영화나 드라마, 웹툰을 보거나 게임을 했고 그것만으로 하루가 모자랄 정도로 바빴다.

K는 건강문진표를 작성하고 핸드폰을 꺼내 웹툰을 보며 키득거렸다. 좀비 바이러스가 퍼진 세상에서 은둔형 외톨이들이 서로 힘을 합쳐 살아가는 내용이었다. 곧 K의 차례가 되었다. 의사는 몇 가지 검사를 더 하고는 대수롭지 않은 말투로 말했다.

- 당신은 이미 죽어있는 것 같습니다. 삼가 조의를 표합니다.

- 예? 무슨 소리죠? 저 살아 있습니다. 보세요. 심장도 잘 뛰잖아요.

- 어휴, 그렇죠. 심장은 잘 뛰죠. 그런데 심장이 뛴다고 살아 있는 건 아니잖아요.

- 아니, 보면 알잖아요. 살아있으니까 이렇게 말도 하고 그러는 거 아닙니까.

-사실 검사를 할 필요도 없어요. 당신 말고 또 누가 당신이 살아 있다고 생각합니까. 사실, 죽어도 아무 상관없잖아요. 직업도 없고 결혼도 못 했고 가족도 없고 친구도 없고.

- 그게 어떻게 제 탓입니까?

20년 전 K가 취업을 준비할 때는 일자리가 부족했다. 그래서 10년이 넘게 공무원 시험을 준비했지만 수백 대 일의 경쟁률을 뚫을 수 없었다. 그렇게 아르바이트를 하며 3포 시대, 5포 시대를 살아온 탓에 결혼을 하지 못했다. 하지만 의사에게 그런 건 중요하지 않은 모양이었다. 의사는 주머니에서 장례식장 명함을 꺼내 K에게 주었다.

- 병원 장례식장을 이용하면 사망진단서는 무료로 끊어드리겠습니다.

K는 조용히 진료비를 지급하고 병원을 나섰다. 병원을 나오는데 누군가 다급하게 K를 불렀다. 뒤를 돌아보니 간호사가 급히 뛰어오고 있었다.

- 환자분, 이왕 이렇게 된 거 장기기증을 하는 건 어떠세요?

간호사가 해맑은 표정으로 서류를 내밀었다.

K는 다른 병원을 가보았다. 외과, 내과, 이비인후과, 안과, 치과, 비뇨기과, 산부인과, 그리고 반려견 카프카와 함께 동물병원에도 가보았다. 인간도 동물이니까. 하지만 진단 결과는 같았다. 주인이 죽었기 때문일까. 카프카마저 사망진단을 받았다.

K는 근처에 있던 교회로 달려가 다짜고짜 자신은 죽지 않았다고 소리쳤다. 그리고 목사에게 제발 살려달라며 애원했다. 살려만 주면 더 착실하게 살겠다고 다짐도 했다. 처음으로 교회에 가서 무언가를 빌어보았다. 그렇게 K는 목사의 바짓가랑이를 붙잡고 화를 냈다가 울었다가 체념하기를 몇 번이고 반복했다. 그러다 겨우 안정을 되찾자 K를 잠자코 지켜보던 목사는 종이 한 장을 내밀었다. 전 재산을 기부한다고 적힌 종이였다.

- 그래도 산 사람은 살아야지요.

- 죄송합니다. 저는 부처님을 믿습니다.

K는 도망치듯 교회를 나섰다. 죽은 사람에게도 돈은 필요한 법이었다. 목사가 쫓아왔고 K는 서둘러 건널목을 건너다 신호위반을 한 트럭에 부딪혔다. 5미터쯤 튕겨 나갔다가 바닥으로 떨어졌다. 땅바닥에 피가 흥건히 고였다. 행인들은 본척만척 지나가거나 스마트폰을 꺼내 사진을 찍었다. 당황한 트럭 기사가 차에서 내렸

다. 쫓아오던 목사가 말했다.

- 괜찮습니다. 놀라지 마세요. 이미 죽은 사람입니다. 오늘 사망 진단서도 받았답니다.

트럭 기사는 가슴을 쓸어내렸다. 그리고 저 멀리 쓰러져 있는 카프카를 손으로 가리켰다. 이번에도 목사가 알려주었다.

- 괜찮습니다. 저것도 이미 죽은 강아지입니다.

저 멀리 날아간 카프카는 미동도 하지 않았다. 트럭 기사는 안도의 한숨을 내쉬더니 바닥에 마른침을 뱉었다.

- 잠자코 관에서 잠이나 잘 것이지 왜 밖에 나와가지고…….

모두 떠나고도 한참이 지나서야 K는 눈을 떴다. 그리고 죽은 카프카를 품에 안고 집으로 돌아왔다. 터벅터벅 길게 핏자국을 남기며 장례식은 어떻게 할 것인지 유언은 어떻게 남겨야 할지 고민했다. 그러다 그만두었다. 어차피 장례식에 올 사람도 유언을 들을 사람도 아무도 없었다. K는 차갑게 식은 카프카를 끌어안았다. 자신이 정말 죽은 것 같았고 그 죽음을 받아들였다. 자신이 죽은 것보다 카프카가 죽은 게 더 슬펐다.

즐겨보던 드라마 방송 시간이 되어 텔레비전을 켜니 뉴스 속보가 나왔다. 어느 미친 과학자가 달을 향해 수소폭탄을 쏘아 올렸다고 했다. 과학자는 현장에서 체포되었지만 며칠 전 이미 사망진단을 받아 어떤 처벌도 할 수 없다고 했다. 다행히 정부에서는 만약을 대비해 오랫동안 거대한 지하벙커를 준비해왔고 살아 있는 사람들은 모두 그곳으로 대피하라고 했다.

K는 핸드폰을 꺼내 실시간 검색어와 뉴스를 검색했다. 세상에 관심을 가진 건 오랜만이었다. 이미 K 말고도 사망 판정을 받은 사람이 수없이 많았다.

텔레비전에서는 드라마가 다시 방송되었고 K는 편의점에 가서 도시락을 샀다. 지하벙커로 대피할 필요는 없었다. K는 이미 죽은 사람이니 인류가 멸망하든 말든 상관없는 일이었다. 하지만 배는 고팠고 뭐든 먹어야 했다. 자취방에서 혼자 도시락을 먹고 드라마를 보다 죽은 듯 잠들었다.

인류 모든 사람이 사망판정을 받게 된 건 수십 년이 더 지나서였다. 세계 정부는 인류 최후의 생존자를 찾는다며 구인광고를 냈지만 그 어디에도 살아 있는 사람을 찾을 수 없었다. 모든 사람이 혼자 살았고 가족도 친구도 없었으며 다른 사람들과 관계 맺기를 거부했다. 타인에게 관심이 없었으며 혼자 지내는 걸 편하게 생각했다. 수만 명이 살 수 있을 만큼 넓은 지하벙커는 바퀴벌레와 쥐, 꼽등이의 차지가 되었다. 사람들은 저마다 혼자만의 작은 벙커를 만들어 땅속 깊숙이 숨어들었다. 최후의 날이 왔지만 엄밀히 말해 인류 최후의 날은 아니었다. 인류 최후의 날이 언제였는지는 아무도 모른다.

밤의 아리아

윤신숙

윤신숙

『한국산문』에 수필「클래식 기타와의 여행」으로 등단했다.

한국산문 이사, 양천문협 이사, 한국미니픽션작가회 회원이다

밤의 아리아

아아아~아아아~~아아아~

숨 넘어 갈 듯 이어지는~

누구를 위해 부르는지 알 수 없는 노래가 역내에 울려퍼졌다.

영등포역이 말했다

늘 기적소리에만 익숙했던 나와 노숙자들은 그 노래의 고음이 역내 천장을 뚫고 하늘로 치솟는 소리에 적잖이 놀랐다. 아니, 난생 처음 듣는 소리였다.

영등포 역사가 재건축되면서 거대한 백화점이 내 품에 들어왔다. 오래 살다보니 이렇게 화려한 선물이 생기는구나 했는데, 웬걸 언제부터인가 내 귀퉁이에 수많은 노숙자들 또한 허락도 없이 들어와 밤이면 잠자리를 펼쳤다. 빈자리에 와서 쉬겠다는데 어쩌겠는가. 덕분에 나도 그들 인생을 들여다보며 밤이 심심하지 않았다.

육 개월 전 쯤 대합실 안으로 들어온 그 남자는 거리낌 없이 잠자리를 잡았다. 깔끔한 그는 노숙자 중 유일하게 휴대폰도 가지고 있었다. 문제는 밤마다 이상한 노래를 틀어댔다. 다른 노숙자들의 항의가 빗발쳤지만 아랑곳하지 않았다. 한 달 쯤 지나자 악악거리는 그 음악에 시나브로 취했는지, 아니면 포기했는지 그들의 항의가 잠잠해졌다.

나는 호기심에 낮 동안의 그의 행적을 추적해 보았다. 그는 건축 현장의 일용직 근로자로 일당을 벌어다가 노숙자들에게 컵라면과 막걸리를 돌렸다.

그 남자가 며칠째 눈에 띄지 않았다. 노숙자들끼리 떠드는 소리를 들어보니 그는 얼마 전 사인도 모른 채 세상을 떠났다고 했다. 휴대폰 주인이 떠났는데도 가끔 <밤의 노래>가 노숙자들과 내 귓가에 환청처럼 묘하게 들리는 이유는 무엇 때문일까?

청원서 올립니다

무연고자로 죽은 혼령들이 이승에도 저승에도 머물지 못하고 허공을 떠돌다 아직은 하느님께 가기가 억울하다며 하나 둘 모여 의견을 나누기 시작했다. 비록 지상에서 가난하게 살았어도 혼자 사는데 익숙했던 그들이었지만 저승 문턱에 다다르자 이렇게 힘을 모으게 될 줄은 그들 자신도 미처 깨닫지 못했다. 그 수가 점점 불어나 여든여덟 명에 이르자 마침내 하느님께 청원서를 제출하기로 합의했다.

그러나 누가 감히 하느님께 청원서를 전하느냐가 문제였다. 그때 문신남(文身男)이 나서서 자기소개를 했다.

"내가 죽었을 때 가족이 없는 내 시신은 대학병원 해부학교실 냉동실로 옮겨졌지요. 얼마 후 의과대학생들이 기도 후 내 몸을 칼로 해부했어요. 수업을 마친 그들은 카페에서 떠들었는데 한 여학생이 '오늘 우리 조는 조폭 시신을 받았어. 건장한 몸에 동물 문신이 빼곡~, 어휴 섬뜩하더라. 더 놀라운 건 글쎄 생식기에 크리스탈 구슬 여러 개가 둥글게 박혀 있었는데 꼭 해바라기 같았어.' 하지를 않겠어요? 나 참! 그녀는 내 구슬들을 신기하다고 집게로 빼간 범인이었어요. 아, 갑자기 소주가 마시고 싶군요. 어찌 보면 내 구슬들을 보관해 줄 사람이 있어 다행일 수도 있지만요. 아니, 문신하고 성형하면 다 조폭입니까? 특수한 환경에서 어쩌다 조직에 엮이게 된 인생을 자기식대로 나쁘게만 해석하면 되나요? 하긴 어린 학생들이 다양한 인생을 알 리가 없겠지만요. 마지막에는 노숙자로 살다 죽었지만 돌아보면 나도 서른 살까지는 풍족하게 살았어요. 부모의 사고로 혼자 된 뒤 갑작스럽게 맞닥뜨린 가난에 적응하지 못할 때마다 견딜 수 없어 동물 문신으로 야생성을 드러내 보이고 싶었어요. 왠지 나도 강해 보이고 싶었거든요. 하하, 온몸이 동물 투성이라고? 어릴 때 넓은 꽃밭에서 놀았기에 나름 추억의 꽃다발 문신도 가슴에 있었는데……. 다들 궁금해 하는 그것, 왜 거기에 크리스탈 구슬을 박았냐고요? 후손도 없는 내가 화장되면 그것만이라도 소중했던 삶의 흔적으로 남지 않을까 싶었거든요.”

“됐다. 니 넋두리는 그만. 어떻게 하느님께 청원서를 전달할 것인지나 말해 봐라.”

문신남이 노래를 틀 때마다 시비를 걸던 영등포역 노숙자 왕초 할배가 무슨 인연인지 여기에서 다시 만났는데 왠지 오늘은 그의 편이 되어 줄 듯했다.

“저는 하느님 만나는 방법을 나름 알고 있습니다. 청년성가합창단일 때 신기한 경험을 했었죠. 성령과의 교감은 편지나 말로 전달하기는 힘들어요. 제가 죽기 전, 아주 몰래 숨겨온 휴대폰에 다운 받은 음악이 있어요.”

그는 음악을 틀었다. J 성악가의 고음이 여든여덟 명 혼령들 마음을 사로잡았다. 모차르트의 마술피리 중 <밤의 여왕의 아리아>였다. 그들은 청원서 내용을 그 곡에 맞춰 합창으로 하느님께 전했다.

들어주소서 들어주소서.
저희는 하느님께 바로는 못 갑니다.
저희 죽음 인정하지 않겠어요.

하느님 나라가 아무리 평화롭다 해도

우린 이승에서 하지 못했던 신나는 일들을 꼭 해보고 싶어요.

저희가 무연고자라 불쌍하다고 얼른 빨리 하느님 품에 오라 하지 마세요.

비행기 타고 세계여행도 하고 싶고,

피아노도 치고, 그림도 그리고, 연기도 하고 싶어요.

무엇보다, 그 무엇보다 신기한 휴대폰을 꼭 갖고 싶어요.

무한정 게임도 해보고,

드넓은 러시아 자작나무 숲을

붕붕 오토바이 소리를 내며 끝없이 질주하고 싶어요.

아이슬란드 빙하 체험도,

펑펑 눈 내리는 한겨울 일본 아키타 온천욕도 하고 싶어요.

왕관을 씌워 줄게

하느님은 심심하던 차에 아리따운 소프라노 음성에 놀랐다. 내용이 껄끄러운 청원서임을 알면서도 '너희가 좋아 혼자 살았고, 또 그 자유를 누렸을 텐데. 그리고 내가 빨리 오란 적도 없었는데. 하~ 요즘 사람들은 의심이 많고 해달라는 것도 많네. 머뭇거리지 말고 바로 내게로 오면 편할 텐데, 쯧쯧. 하긴 과학자들이 사람의 수명을 백년 천년 늘리려고 하니 내가 감당하기에도 버겁군. 나도 시대에 맞게 대응하는 수밖에. 저마다 잘났다고 하는 시대 흐름을 거스를 수 없는데다가 할 일까지 생기니 적당히 재미도 있네.

하느님은 집짓기 기획팀에 건축가 시인 이상을 비롯해 12명을 소집했다. 유유자적 떠도는 펑퍼짐한 구름 위에 팔층집이 지어졌다. 최승희의 살풀이춤과 지구의 화가 K씨가 초대되어 여든여덟 명의 혼령에게 타일을 주고 본인의 소원을 그리거나 글로 쓰게 했다. 노숙자 하모니카 합주단이 '고향의 봄', '나뭇잎 배', '겨울나무', '동무 생각' 등을 메들리로 연주했다.

1층은 과꽃, 나리, 다알리아, 라일락, 마가렛, 분꽃, 수국, 아네모네, 작약, 치자꽃, 코스모스, 튤립, 프리지아, 히야신스 같은 꽃들이 만발해 있고, 2층부터 7층까지는 여든여덟 명이 하고 싶은 모든 조건들이 갖춰졌다. 그랜드 피아노는 층층마다 있어서 언제든 누구나 연주할 수 있게 해놓았다.

8층은 기도 방. 실컷 누리고 누리다 싫증나면 찾아가 기도하는 곳이다. 기도할 때 가끔 어디선가 유혹의 노래가 들려온다.

'달아~♬ 내 사랑아~ 나 그대와 함께 이 한 밤을 이 한 밤을 얘기하고 싶구나~'

몇몇 혼령은 하느님께 하소연했다.

"하느님, 우리는 살아서 누리지 못했던 것들을 하느님 은총으로 이 구름집에서 다 누렸지만 그래도 무엇인지 모를, 말로는 도저히 표현할 수 없는 이 허전함을 떨치지 못하는 이유는 무엇 때문일까요?"

구름집은 다행인지 불행인지 그들이 머물수 있는 기간이 333일이다. 그 다음 날에는 다시 머물 곳을 선택해야 한다. 하늘로 오르거나 이승으로 다시 돌아가거나.

하느님은 자비하시다. 선택권을 주시니까.

8층집을 만들었던 구름들은 산들바람에 운중보살 모습으로 저마다의 길로 떠났다.

하느님은 당신의 품을 찾아올 혼령들을 위해 여든여덟 개의 보랏빛 왕관을 준비해 놓았지만 혼령들은 갈림길에서 저마다 고민에 빠졌다. 다시 인간 세상에 내려가 육체를 가진 유한한 삶을 선택할지, 육신의 쾌락과 고통의 이중주 없다는 영혼을 지닌 영원한 하느님 세계로 오를 것인지.

기쁜 나의 저승길

이진훈

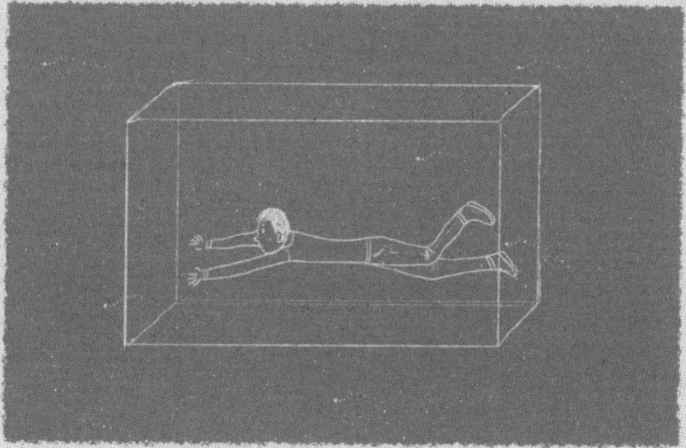

이진훈

시인, 미니픽션작가

1956년 경기도 김포 출생

중앙대학교 문예창작학과 졸업

예일여고를 거쳐 영동고등학교 근무

서울초중등문학교육연구회 회장

기쁜 나의 저승길

- 우리 한의원에 처음 오셨지요? 어디가 불편하신가요?

- 칼질을 많이 해서 그런가 오른쪽 어깨와 팔꿈치가 많이 아프네요. 전에는 웬만큼 일을 해서는 안 그랬는데 이젠 나이를 먹어 그런가 여기저기 아프고 쑤시네요.

- 칼질이라니요? 무슨 일을 하시기에 칼질 때문에 어깨와 팔꿈치가 다 아프십니까?

- 제가 일식집을 운영하는데 어제 오늘 생선초밥 1,004개를 쌌더니 영 팔꿈치며 어깨를 돌릴 수가 없네요. 작년까지만 해도 안 그랬는데 낼모레가 육십이다 보니 이젠 하루하루가 다르네요.

- 1,004개요? 무슨 초밥을 1,004개나? 경제가 어렵다는데 그 일식당은 장사가 아주 잘 되나 봅니다.

- 그건 아니고요. 제가 어느 대학병원에서 매년 바자회를 할 때마다 생선초밥 1,004개를 후원합니다. ㅇ어제 새벽부터 모든 직원들이 나서서 생선 잡아 초밥을 만들었더니 이렇게 됐습니다.

- 대단하십니다. 어디 한번 보지요. 오른팔을 등 뒤로 해서 최대한 올려 보세요.

철배는 원장이 시키는 대로 오른팔을 등 뒤로 올려봤지만 절반도 못 미쳐 통증이 심해져 더 이상 올릴 수가 없었다. 원장이 오른팔 팔꿈치 주변을 꾹꾹 눌러가며 아픈 곳이 있으면 말하라고 했는데 팔꿈치 바깥쪽을 눌렀을 때는 말보다는 눈물이 먼저 찔끔 흘렀다.

- 이건 소위 말하는 테니스 엘보, 즉 바깥쪽 상과염입니다. 퇴행성이기도 하고, 팔꿈치 관절을 자주 사용하는 직업 종사자들에게서 흔히 나타나는 증상이기도 합니다. 근육과 뼈가 만나는 부위에서 발생하는 통증이지요. 초밥을 1,004개나 만드셨다니 무리를 하신 것이지요. 또 어깨는 피로누적으로 인한 회전근개파열 같으니 침과 부항, 물리치료를 통해 잡아보겠습니다.

원장은 먼저 팔과 어깨에 침을 수십 군데 찔러 놓고 다른 방으로 옮겨갔다. 다른 방이라야 커튼 하나 사이의 침대라 환자와 원장이 주고받는 대화를 애써 엿들으려 하지 않아도 절로 귀에 들어왔다.

- 아이구, 할아버지 오랜만에 오셨네요?

- 오늘이 월급날이잖아요. 한 달 동안 도시락 배달해서 이십사

만 칠천 원을 받았어요. 원래는 이십칠만 원을 받는 건데 무릎이 아파 며칠 쉬었더니 그걸 까고 주더라고요. 그래서 얼른 왔잖수? 결근하면 월급이 깎이니 벌침주사라도 맞고 버티게 오늘은 양 무릎에 두 방 놔 주세요.

- 그러시죠. 그러나 무엇보다 식사를 거르지 말고 잘 잡수셔야 합니다. 식약동원(食藥同原), 밥이 보약인 것 잘 아시잖아요? 도시락 배달도 너무 무리하지 마세요.

- 무리하지 않을 수 있나요? 나라에서 늙은이들에게 주는 기초연금이 이십만 원인데 그걸루는 지하 단칸방 방값도 안 되니 걸어다닐 수 있을 때까지는 절뚝거리면서라두 해야지요. 약값이 한두 푼 들어야 말이지요.

- 아무튼 오늘은 봉독주사까지 놓아드릴 테니 돈 아끼듯이 몸도 아끼면서 사셔야 오래오래 사십니다.

- 오래요? 아유 사는 게 넌덜머리가 납니다. 죽는 주사가 있다면 그거나 한 대 놓아주시면 좋겠구만!

치료를 먼저 마친 철배는 옆방 노인이 나올 때까지 기다렸다. 원장 말대로 밥이 보약인데 노인에게 저녁밥이나 한 그릇 따뜻하게 대접해 드릴 요량이었다.

- 어르신, 치료 잘 받으셨어요? 제가 어르신께 저녁식사를 대접해 드려도 될까요?

- 예? 누구신데 내게 저녁을 대접해요? 가만있자, 혹시 요 아래

성당 옆에 있는 일식집 사장 아니시오?

- 예, 맞습니다만 어떻게 저를 아세요?

- 아다마다요! 왜 매달 한 번씩 우리 동네 노인정 늙은이들에게 식사를 대접해 주지 않수? 내가 그 노인정 늙은이라우.

- 아, 그러세요? 워낙 여러 군데 노인정 어르신들께서 오셔서 몰라 뵈었습니다. 잘 되었습니다. 저도 어르신 옆 침대에서 치료를 받다가 우연히 어르신 사정을 들었습니다. 그래서 저녁이라도 한 끼 대접해 드리려고 기다렸습니다. 함께 가시지요.

- 아이구 이런! 이렇게 고마울 데가 있나? 정 사장이라고 했지요? 내가 정 사장 식당에 가서 그 맛있는 초밥에 갖가지 음식을 다달이 얻어먹을 때마다 부끄럽기가 짝이 없었는데 오늘 또 이렇게 병원에서까지 만나 신세를 지다니! 정 사장, 부끄럽기 짝이 없소이다.

-어르신, 무슨 말씀을요. 아무튼 저의 식당으로 가시지요.

한의원에서 나와 식당에 도착할 때까지 철배는 노인의 손을 꼭 쥐고 놓지 않았다. 일식당 주인의 차디찬 손에 미온이나마 노인의 온기가 따스하게 전해져 왔다. 한 번도 느껴 보지 못한 아버지의 손길이 이런 것이 아닐까 하는 순간 눈물이 핑 돌았다.

- 여보게 정 사장, 내가 단도직입적으로 말하겠네. 반말 한다고 고까워 마시게. 나 북창동 칼잽이 출신 김복만이네. 한때 전설의 칼잽이라구 그랬지. 소위 4대문파 어쩌구저쩌구하던 시대였다네.

정 사장 세대는 일식계의 까마득한 후배지.

- 아니 그럼, 어르신께서 말로만 듣던 그 김복만 선생이시란 말씀입니까?

- 그렇다네. 내가 김복만일세.

- 왜 진작 말씀을 안 해 주셨어요?

- 남 부끄럽고 챙피해서 그랬다네. 이렇게 늙어서 옛 동료는커녕 가족들에게조차 버림받아 오갈 데 없는 처지가 되어 밥이나 축내는 처지에 까마득한 후배인 자네 앞에서 '나 북창동 김만복이오!' 할 수가 없었다네. 처음 자네 식당에 들어오면서 차마 발길을 문 안으로 들여놓기가 죽기보다도 싫었네만 체면보다는 굶주린 배를 채우는 일이 급급해서 문턱을 넘었다네. 중국집이었거나 한식당이었다면 거리낌이 없었을 텐데 하필 일식당이었으니 내 알량한 자존심 때문에 머뭇머뭇한 것이지.

- 에이, 어르신 무슨 말씀을요. 우선 이 따뜻한 국과 생선초밥 좀 드시고 말씀하세요. 마침 좋은 민어가 들어왔으니 오늘 대선배님께 민어탕 한번 근사하게 끓여 올리겠습니다.

- 자꾸 이러면 내가 정말 몸 둘 데가 없다네. 내가 그동안 한 달에 한 번 정 사장 식당에 와서 공짜 밥 얻어먹으러 드나들 때마다 동네 노인들에게 귀동냥으로 정 사장에 대해 얻어들은 것이 많다네. 가끔 신문에서도 미담기사를 보았고. 어떻게 그리 착한 일을 많이 하고 또 기부를 하면서 살 수 있으신가? 정말 존경스러우이.

- 아닙니다, 어르신. 다 저희 집을 찾아주시는 손님들 덕이지요. 저는 그저 손님들 심부름이라고 생각하고 있습니다.

- 정 사장, 내 인생을 뒤돌아보면 후회막급일세. 왜 노래에도 있지 않은가? '난 참 바보처럼 살았군요'라는 거. 내 인생이 꼭 그렇다네. 염치없는 청이네만 소주 한 병 부탁해도 되시겠는가? 오늘따라 술 없이는 밥이 목을 넘어가지 않을 것 같네.

- 그럼요, 어르신. 드리다마다요. 아직 저녁 영업시간이 많이 남았으니까 저도 선배님과 두어 잔만 하겠습니다.

- 고맙네, 정말 고맙네. 나도 단칸 지하방에서 월세 밀려가며 독거노인 도시락 배달로 근근이 풀칠하며 사네만 정말 어려운 늙은이들이 많더라고. 노크를 했을 때 반갑게 문을 열어주는 늙은이는 그래도 나은 편, 자리에서 일어나지도 못하고 발치 끝을 가리키며 두고 가라는 할마씨도 있고, 밥상 좀 차려 달라는 홀애비도 있다네. 전날 두고 왔던 도시락 가방이 문밖에 그대로 있을 때는 가슴이 섬뜩하기도 하지. 이렇게 도시락 배달 다니며 발견한 주검만도 둘이나 돼. 남의 일이 아니라는 생각부터 들더라구. 다음에는 내 차례지 싶을 때도 있고. 그래도 나는 절뚝거리기는 하네만 걸어 댕길 수 있으니 여간 다행이 아니라네. 나도 얼마 안 있으면 누가 배달해 주는 도시락으로 입에 풀칠할 날이 오겠지만서두.

- 자 이 민어탕두 좀 드시면서 한 잔 더 하세요.

- 고맙네, 정말 염치없이 고맙네. 내가 자네 나이 때는 이 세상

을 다 가진 듯했다네. 나이 오십에 북창동에서 주방장 생활을 접고 내 식당을 차렸지. 내 단골 손님들이 자꾸 개업하라고 부추겼거든. 내 실력이면 어디를 가도 성공할 것이라고. 얼마든지 투자할 테니 돈 걱정 말고 개업하라고. 그래서 몇 사람 돈을 투자 받아 역삼동에다 멋지게 차렸지. 정말 한 십 년 동안 전설의 칼잽이로 불리며 긁어모았지. 내 주변에 사람들이 들끓었다네. 그때부터 내가 거들먹거리기 시작한 것이야. 고등학교도 변변히 나오지 못한 내가 대학의 외식산업 최고위과정이란 데를 들어가면서 망가지기 시작했네. 그들을 따라 여기저기 돌아다니다가 여자도 가까이했지, 손님들 꾐에 도박에도 손을 대지 않나, 실장과 주방장에게 가게를 맡기고 룸싸롱으로 골프장으로 나돌아댕기기 일쑤였지. 낌새를 알아챈 전주들이 돈을 회수하기 시작했고, 역삼동에 일식집이 잘된다니까 우후죽순 격으로 경쟁업체가 들어서면서 나는 나락의 길로 접어들었지. 아차 싶었을 때는 이미 때를 놓친 뒤였다네. 정신을 차리고 보니 가족마저 모두 내 곁을 떠났다네. 말년이 너무 고통스럽고 외로워. 그 많던 사람들이 다 떠나가 버렸어. 누구를 원망하겠나? 가장 두려운 것이 지하방에서 혼자 죽어 썩어문드러지는 것이 아닌가 하는 것일세. 그나저나 자네는 어떻게 이렇게 성공을 했나? 젊은 시절 고생이 이만저만이 아니라는 이야기를 들었네만.

- 성공은 무슨 성공을 했습니까? 그냥저냥 먹고 사는 것이지요. 선배님도 이 세계에서 잔뼈가 굵으신 분이라 아시겠지만 일식집

뒷주방 시다바리하다가 앞주방으로 나가는 것이 얼마나 어렵습니까? 저는 초등학교를 졸업하고 열네 살에 식당으로 들어왔습니다. 식당에서 일을 하면 최소한 굶어 죽지는 않을 것이라고 생각했던 것이지요. 죽어라 일만 했습니다. 점심 식사 때가 끝나고 저녁 영업 전까지 쉬는 시간이면 선배들은 근처 운동장에서 볼을 차고 여기저기 놀러 다닐 때 저는 뒷주방에서 혼자 남아 초밥 만드는 일이며 생선을 잡아 회 뜨는 연습을 하였습니다. 그렇다고 진짜 생선을 가지고 할 수는 없었지요. 주방에 남아 있는 다꾸앙을 가지고 회 뜨는 연습을 했고, 쓰다 버린 무채를 가지고 초밥 쥐는 연습을 했습니다. 동료들은 축구를 함께 하지 않는다고 저를 따돌렸습니다. 얻어터진 적도 많았지요.

- 쉽지 않았을 텐데.

- 그럼요, 주인은 생선이 없어졌다고 트집을 잡고, 주방장은 주방청소를 게을리 한다고 억지를 부리며 때리고. 이리 채이고 저리 터졌지만 이를 악물고 버텼습니다. 제게는 꿈이 있었거든요. 무슨 일이 있어도. 하루라도 빨리 앞주방으로 나가야 한다는 것이었습니다. 앞주방으로 나가야만이 돈을 더 만질 수 있기 때문이었습니다. 당시 제 월급이 십만 원이 갓 넘었는데 앞주방 요리사가 되면 손님들에게 받는 팁만 몇 배가 되는 것을 두 눈으로 똑바로 보았거든요. 돈도 돈이지만 앞주방에 나가야 손님들의 명함을 받을 수 있었거든요.

- 아니 명함은 받아서 무엇하게?

- 언제까지 남의 식당에서 종업원 노릇만 할 수 없었으니까요. 나도 언젠가는 어엿한 식당을 차릴 꿈을 가지고 있었지요. 논 한 배미 밭 한 뙈기 없는 고향을 일곱 식구가 떠난 이유가 굶지 않으려는 것이었는데 누구 하나 배불리 먹을 수 있는 가족이 없었어요. 제가 6남매 막내였는데 내가 기어이 돈을 벌어 어머님을 모시고 살아야겠다고 생각했지요. 개업을 하면 제게 명함을 주신 분들을 제 고객으로 확보하기 위한 것이었습니다. 틈만 나면 명함을 주신 고객들에게 안부 편지를 썼지요.

- 장하구만. 그래 기어이 개업을 했겠구만.

- 네, 이 식당을 개업한 지 이십사 년 되었지요.

- 신문에서 보니 지금까지 기부한 액수가 수십억 원이 넘는다고 하던데 그게 이십사 년 동안 가능했단 말인가?

부끄러운 이야기입니다만 개업을 해서 오늘까지 설날이고 추석이고 단 하루도 쉰 날이 없습니다. 처음에는 어머니와 함께 우리 가족이 굶지만 않으면 된다는 생각에 일만 해 댔지요. 오십 살이 되기까지는 열두 살에 떠난 고향을 다시 밟아 본 적도, 학교 졸업이라야 초등학교가 다이긴 하지만 그 흔한 동창회에도 나간 적이 없었습니다. 일에 미쳐 식당 안에 갇혀 혼자 지냈습니다. 워낙 제가 가난하게 살았기 때문에 배불리 먹을 수만 있다면 다른 욕심은 다 버려도 괜찮다고 생각했거든요. 그런데 저를 찾아 주신 손님들 덕에 한두 푼 돈이 모이다 보니 어려운 이웃들이 눈에 보이더라구요. 밤 한 톨도 나누어먹을 줄 알아야 한다는 어머님의 가르침도 있었구요. 그래서 한두 사람, 한두 군데 후원하다보니 여기까지 왔습니다. 지금은 이 식당을 운영해서 생기는 이익 모두를 이웃돕기에 쓰고 있습니다.

- 아이구, 내가 부끄럽네. 나는 젊어 흥청망청하다가 늙어 혼자되고, 정 사장 자네는 젊어 혼자 이 식당에 갇혀 일벌레로 살다가 많은 이웃을 얻었구만. 한눈 팔지 않고 한 우물만 판 덕일세.

- 제 나이 오십이 넘으면서부터 고향 분들도 초등학교 친구들도 우리 식당을 자주 찾아주고 있습니다. 물론 저는 지금도 어디를 가지는 못합니다. 그 흔한 해외여행 한 번 가족과 함께 간 적이 없는 걸요. 그래두 어르신께서는 한때 꿈같이 사시기는 했네요.

- 다 일장춘몽이지. 그나저나 참 대단하이. 정 사장! 자네를 만나 이야기를 들어보니 내가 하루 빨리 죽어야 내 부끄럼도 사라질 것 같네.

- 에이, 어르신 무슨 그런 말씀을 하세요. 언제든 출출하시면 노인정 어르신들과 삼삼오오 오세요. 내 후배네 집으로 맛난 것 먹으러 가자고 당당하게 자랑스럽게 오세요. 제가 아버님처럼 모실 테니 가끔 전설의 김만복 시절에 생선 다루는 비법이나 전수해 주세요.

- 아닐세, 내가 무슨 얼굴을 들고 다시 여기를 오겠나? 나 오늘

정말 기쁜 마음으로 돌아가네. 내가 못한 일을 자네 같은 훌륭한 후배가 하고 있는 것을 본 것만으로도 저승 가는 길이 두렵지 않을 것이네. 정말 고맙네, 정 사장.

더불어 홀로 살아내기

이하언

이하언

2007년 평화신문 신춘문예 당선

2007년 토지문학제 평사리 문학대상 수상

2014년 소설집『검은 호수』출간

더불어 홀로 살아내기

우리의 '에고'나 자아상은 바람이 새는 풍선과 같아
늘 외부의 사랑이라는 헬륨을 집어넣어 주어야 하고,
무시라는 아주 작은 바늘에 취약하기 짝이 없다.
- 알랭 드 보통

- 자네는 딸 중에 최고를 데리고 간 거라고.

제부가 따라준 사케 잔을 들어 시원하게 마신 후 남편이 말했다.

20년 전 춘희와 처음 결혼했을 때부터 남편은 네 명의 여형제 중에는 막내 처제가 여자로는 최고라고 말했다. 고추냉이를 얹은 회를 한 점 집어 막 입에 넣던 춘희는 사래가 들어 캑캑 기침을 했다. 막내가 눈치 빠르게 물잔을 집어주었다.

사래는 가라앉았다. 실금이 가있던 자존심에 매운 고추냉이가 끼어들기 전에 춘희는 너그러운 웃음과 맞장구로 서둘러 봉합했다.

- 하하하, 맞아. 우리 막내가 오늘은 더 곱네.

막내는 친지 결혼식에서 바로 온 길이었다. 잘 손질된 머리와 세련된 연분홍 투피스가 화사했다.

- 곱기만 해? 애교도 많잖아. 여자는 자고로 저래야 하는데…….

뚝, 자존심 한 조각을 기어코 떼어낸 남편이 제부의 잔에 사케를 그득 따랐다.

- 자넨 복 터진 줄이나 알아.

제부는 허허, 웃기만 하며 잔을 들지 않았다. 남편의 좋은 술친구였던 제부지만 근래 술을 끊었다고 했다. 형님 술을 거절하는 거냐고 남편이 재촉하자 제부는 마지못해 잔을 들었다.

제부가 드는 술잔을 언짢은 기색으로 보고 있는 막내의 등 뒤에는 기모노를 차려입은 그림 속의 여인이 딱한 듯 춘희를 보고 있었다.

집에 돌아와 평상복으로 갈아입자마자 급히 나가느라 밀쳐두었던 설거지를 시작했다. 카톡소리가 들렸다. 막내가 보낸 것이었다. 물 묻은 손을 앞치마에 쓱쓱 닦고 핸드폰을 잡았다. 꽤 긴 내용이었는데 요지는 제부에게 남편이 술을 권한 것에 대한 불만이었다.

제부는 부정맥이 심해 술을 끊은 거고 금주가 목숨이 달린 일이라 했다. 그런데 막무가내로 권하니 그러다 죽기라도 하면 형부가 책임질 거냐는 내용이었다.

와하하, 웃음소리가 터져나왔다. 텔레비전 안에서 사람들이 웃고 있었다. 그들 앞에 한 사람이 오물을 뒤집어쓰고 쩔쩔매고 있었다. 아마 어떤 게임에서 져서 벌칙을 받고 있는 거 같았다. 그 외엔 모두가 즐거워하는 이 상황을 어떻게 받아들여야할지 알 수 없어 그는 웃는 것도 우는 것도 아닌 기묘한 표정을 지었다. 남편도 뒷모습을 보여주며 웃고 있었다. 소리를 피해 화장실로 가며 춘희는 남편 대신 사과했다.

- 미안하게 됐어.

다시 카톡이 들어왔다. 밥값을 떠넘겼을 때는 많이 황당했다는 문자였다. 그럴 만하다고 춘희는 고개를 주억댔다. 그 자리를 마련한 사람은 남편이었다. 결혼식장에서 친구들과 먹고 가겠다는 것을 자기가 사줄 거라며 기어코 막내 내외를 불러냈다.

춘희는 막내를 달랬다.

- 그러게, 나도 민망하더라.

평소에도 남편은 주위 사람들에게 밥을 사주는 것을 좋아했지만 막내는 불편해했다. 누가 사주고 말고 할 거 없이 가족들이 만나면 각자 엔 분의 일로 나누자고했다. 아무도 부담되지 않아야 만남이 편해진다며 다른 형제들도 찬성했다. 하지만 남편은 여전히 많은 경우 자신이 밥값을 냈다.

그런데 막상 남편은 그렇게 억지로 불러낸 제부에게 밥값을 책임 지워버렸던 것이다. 그리고 말했다.

- 돈도 잘 벌면서 한 번씩 한턱도 좀 내고 그래. 돈은 쓸 줄을 알아야 벌 줄도 아는 법이야.

무안도 했지만 자신들을 그런 식으로 인색한 사람으로 매도하는 형부가 야속하다고 막내는 말했다.

- 언니, 우리 그렇게 잘 벌지 못하는 거 언니도 알잖아.

그리고 막내는 아이들 학비와 주택 융자금, 시댁에 보내야하는 돈 등 어려움을 길게 하소연했다.

알아. 라고 문자를 찍고 나니 갑자기 심한 피로감이 느껴졌다. 그래서 덧붙였다.

- 알아. 술에 취해 그런 거잖아. 너무 뾰족하게 받을 건 없어.

- 무슨 말이 그래. 결론은 뾰족하게 구는 내 잘못이라는 거야?

제 역할을 거부한 춘희에게 당황한 카톡이 펄쩍 튀었다.

- 언니도 역시 팔이 안으로 굽는구나.

춘희는 갸우뚱했다. 팔은 밖으로 굽히는 거 아니었나? 팔을 들어 굽혀보았다. 팔은 카톡 속의 막내와 핸드폰 안의 수많은 사람들 쪽으로 굽혀졌다. 핸드폰을 내려놓은 춘희는 거울 앞에 섰다. 거울 속에서 마주 보고 있는 춘희를 향해 팔을 굽혔다. 거울 속의 팔도 춘희를 향해 굽혀왔다.

나를 향해 굽혀주는 팔도 있었구나!

행복해졌다.

춘희는 거울 속의 춘희에게 말했다.

고마워. 내 편이 되어줘서.

그녀와 그녀를 만나다

임나라

임나라

서울신문 신춘문예 동화 당선
대전일보 신춘문예 동화 당선
저서. 『하늘마을의 사랑』『무화과 나무집』『사랑이 꽃피는 나무』『광덕 할머니의 꽃자리』『그림과 함께 보는 정림사 절 짓는 이야기』『징검다리 저 하늘』 미니픽션동인집 『거짓말 삽니다』
소속. 한국문인협회 회원, 한국아동문학인회 회원, 한국가톨릭문인회 회원, 한국조형예술신문(인터넷)편집인

그녀와 그녀를 만나다

내가 그녀 옆에 앉았다.

"저기요!"

그녀가 카운터에 앉아있는 주인남자를 향해 손짓하더니,

"열무국수 하나 주세요."

하곤 대답을 기다릴 것도 없이 손에 들고 있던 프린트물을 펼쳐 읽는 일에 몰두를 했다.

주인남자는 잠깐 미간을 좁히는 듯하다가, 주방에 대고 소리를 질렀다.

"7번에 열무국수 하나요!"

그러곤 속엣말로 중얼거린다는 게 그녀 옆에 앉은 내게도 들려왔다.

“곧 점심손님들이 들이닥칠 텐데….”

그녀도 들었는지 카운터의 주인남자를 흘긋 쳐다보는가 싶더니 별 내색은 없이 핸드폰 번호 버튼을 두드렸다.

“나, 아무래도 문중 비문 쓰는 일 못할 거 같은데….”

나는 냉큼 귀를 기울였다. 남자의 둥글둥글한 목소리가 들려왔다.

“수명할머니, 초안은 드렸잖요? 거기에 몇 글자만 보태고 고치면 금방 되잖여요? 작가시잖여?”

남자는 비교적 여유로운 목소리로 그녀를 달래듯 했다.

“요즘 감기가 심해서 기운도….”

“무슨, 촌수는 할머니래도 나보다 두 살이나 아래시잖여? 나도 펄펄 나는디? 독수공방 지내신다문서 시간도 많으실 거잖여? 낼모레 찾아 뵐팅게 얼렁 몇 글자 고쳐보셔잉?”

“정말 아파서…. 그리고 글이라는 게 문자 나열만이 아니….”

그녀의 말이 채 끝나기도 전에 남자가 먼저 전화를 끊었다.

때마침 열무국수가 나오자, 그녀는 국수대접을 들고 벌컥 차가운 국물을 들이마셨다. 그래도 얼른 얼굴의 상기가 가시지는 않는 모양이었다.

그녀가 열무국수를 반쯤 먹고 있을 때, 우르르 한 떼의 손님들이 들어오고 이어 주문받으러 여자가 졸래졸래 좇아와선 꾹꾹 볼

펜을 눌러 주문을 받으며 희희낙락했다.

"네에, 낙지샤브샤브 칠인분, 도토리묵 세 접시이, 밥 따로 따로 칠인부운, 막걸리는 우선 세 병이요?"

그녀가 주문표를 들고 스쳐가는 여자를 불러 세워 열무김치 한 접시를 부탁했다. 그러자 여자는 무슨 말을 할 듯하더니 말없이 그냥 가 버렸다. 그녀가 또 잠시 여자의 뒤꽁무니를 말없이 바라보다가 이내 핸드폰에 눈길을 주었다.

눈에 얼른 핸드폰 글자가 잘 안 보이는지 그녀가 눈꺼풀을 떴다 감았다 했다.

열무김치 한 접시가 탕 소리를 내며 상 위에 놓였다.

"열무가 비싸서 추가론 원래 안 드리는 건데, 혼자 사시는 거 같아 드리는 거예요."

냉정한 표정을 지으며 여자가 사라져 갔다.

'거 참….'

그녀의 얼굴이 붉어지는 것을 보며 내 가슴도 불뚝 뜨거워져 갔다. 좇아가 여자의 뒤꽁무니를 한번 냅다 걷어차 주고 싶었다.

한데, 그녀가 내 옆구리를 툭 건드리며 살풋 눈을 흘겼다. 나는 안다.

'알아요. 침묵의 세계가 더 깊고 그윽하다는 것을요.'

갑자기 그녀의 눈이 번쩍 뜨였다. 나도 건뜻 핸드폰의 작은 글자들을 살폈다.

「내가 비록 여자의 몸이나, 하늘로부터 받은 성품은 애당초 남녀의 구별이 없다.」

“조선, 그 갇힌 시대에 이런 생각을 가질 수 있는 여성이 있었다니 참으로 놀랍네, 놀라워.”

좀체 흥분하지 않던 그녀의 들뜬 목소리가 정신없이 떠들어대며 먹기 바쁜 한 떼의 사람들을 놀라게 했다. 나도 잠시 빛을 잃어가며 핸드폰의 글자들을 주시했다.

도대체 무엇으로 하여금 그녀를 이토록 수다스럽게 하고 있는지 궁금하기 짝이 없었던 것이다.

검색창을 통해 본 글은, 윤지당이라는 조선의 여류 성리학자 이야기였다.

어린 시절에 아버지를 잃고 19살의 나이에 한 살 어린 선비에게 시집을 갔으나, 결혼한 지 8년 만에 남편을 여의고 말았다는 그녀. 어렵사리 얻은 아이마저 일찍 죽고 말았다는 불운의 그녀. 마흔이 넘어 시동생의 아들을 양자로 들였으나 그 마저 죽게 되는 비운의 그녀. 하지만 한 인간으로서 또 한 여인으로서 그녀는 어려운 현실을 기꺼이 받아들여 자신이 겪은 비극과 불행을 오히려 성품을 닦고 학문에 몰두하는 계기로 삼아 끈질긴 생명력을 학문에 바쳤다는 기사 말미에 누군가의 친절한 글도 덧붙여 있었다.

「쓸쓸하고 고독했던 윤지당 그녀였기에 아마도 부뚜막이 그녀의 식탁이었을는지도 모른다. 호롱불도 켜지 않았을 어둑한 부엌에서 홀로 눈물의 밥을 먹으며 아녀자의 몸으로 남성에 버금가는 수행의 학문에 정진해 나아갔으리.」

검색창을 닫은 그녀는 이내 전화를 걸었다.

"비문 자료를 찾다가 이백여 년 전 조선 시대의 윤지당 어른을 알게 됐는데…."

"우리 문중에 그런 유명한 분이 계시다는 건 어렴풋 알고 있는디, 그건 왜요?"

"가을 밤, 쓸쓸하고 고독했을 윤지당 그 어른과 시대를 거슬러 꼭 만나봐야 할 거 같은데…."

"그럼 비문은 어떡허실겨?"

"가을 밤, 등불이라도 켜 놓고 써 봐야 할까 어쩔까요잉?"

"그려요. 독수공방에…."

남자의 말이 이어지려 하자, 그녀가 먼저 핸드폰 폴더를 닫았다.

이제 아프다던 그녀의 목소리가 노래하듯 들려오는 것으로 보아, 당분간 고독이라는 이름의 내가 그녀 옆에 머무르지 않아도 될 것 같았다. 왜냐하면 그녀와 그녀가 서로 만났기 때문이다.

"가시게요? 그러잖아도 빈자리가 없어 기다리고 있었는데, 안녕히 가세요오!"

식당 문을 나서는 그녀의 등 뒤에서 여자의 목소리가 날아갈 듯 살랑거렸다.

선셋증후군

임재희

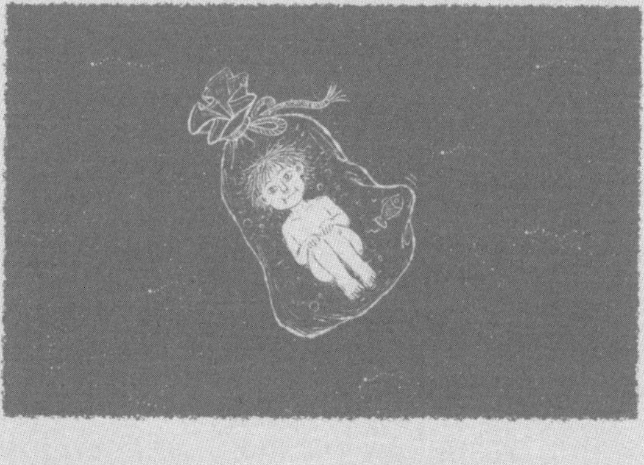

임재희

소설을 쓰며 번역을 한다. 하나는 원하는 일이고 다른 하나는 원하는 일을 하기 위해 하는 일이다. 그 사이가 멀지 않아 다행이다. 2013년 <세계문학상>을 통해 등단했고, 장편 『당신의 파라다이스』와 『비늘』을 출간했다. 옮긴 책으로 『라이프 리스트』와 『블라인드 라이터』 등이 있다.

선셋증후군

죽을병이라도 걸린 줄 알고 찾아간 병원에서 정신과 상담을 권했다. 남자는 '정신과'라는 말만 듣고도 세상 끝으로 떨어진 기분이었다. 서너 번 발길을 돌리다 용기를 내 진료실 문을 열었다. 60대에 정신과 상담이라니. 구걸이라도 하러 온 사람처럼 와락 구차한 생각이 다시 치밀어 올랐다. 증상을 간단하게 설명했다. 해질 무렵이면 걷잡을 수 없이 가슴이 뛴다고. 밤이면 불안하고 낮에는 미친 듯이 잠에 취한다고. 누구에게나 있는 일이라 여겼다고. 그런데 여자처럼 이유 없이 눈가가 젖는 날이 많아졌을 때는 스스로 생각해도 심각한 일 같았다고. 사는 일보다 죽는 일을 떠올리는 날들이 늘었다는 말을 할 때는 갑자기 목소리가 잠겼다.

남자의 말을 듣고 있던 젊은 여의사가 분홍빛 입술을 천천히 움직이며 선셋증후군 같다고 했다.

"꼭 영화제목 같네요."

남자의 눈이 조금 반짝거렸다. 세상에 이토록 아름다운 병명도 있다니. 남자는 누군가 그의 비루한 삶을 가엾이 여겨 붙여준 이름 같아 가슴에 품고 싶었다.

"병명에도 성별이 있나요? 선셋증후군이라는 말이 여자에게 더 어울리는 것 같아서……."

"일몰 증후군이라고도 불러요."

젊은 여의사는 그런 질문을 자주 받은 사람처럼 준비된 답을 들려주었다. 둘 가운데 하나를 고르라는 사람처럼 친절해 보였다. 그리고 그녀는 여러 증후군에 대해 짧게 설명했다. 지친 현대인의 번아웃 증후군, 자식들이 성장해 떠난 뒤에 앓는 빈 둥지 증후군, 반려동물이 떠났을 때 앓게 되는 펫 로스 증후군, 명절 증후군, 무슨 무슨 증후군, 증후군……. 끝이 없을 것만 같았다. 세상에 언제 그렇게 많은 병명들이 생겨난 걸까. 남자는 갑자기 너무도 복잡하고 세분화된 세상에 던져진 기분이 들었고 모든 불안의 이유는 거기에서 싹튼 것만 같았다.

"선셋증후군이 그래도 제일 멋지네요."

남자는 마치 쇼윈도우에 진열된 옷을 다 보고 하나를 고르는 사람처럼 말했다.

남자는 여느 때처럼 등산화를 신고 집을 나섰다. 매일 아침 출근하던 버릇의 연장선 같은 거였다. 후줄근한 등산복이 일상복이 되었다. 되도록 집에서 먼 산을 택했다. 가끔 같이 산을 오르던 옛 동료들도 하나 둘 떨어져 나갔다. 어느 날인가부터 그는 혼자 산을 올랐다. 보온병에 뜨거운 물을 담고 컵라면과 주먹밥을 샀다. 정상까지 올라가 먹고 내려오는 일상이 반복되었다. 평생 기계처럼 살았는데 퇴직 후에도 변한 게 없는 몸이 원망스러웠다.

산에서 혼자 먹는 라면 냄새는 이상한 향수를 불러일으켰다. 산도 지치고 그도 지친 냄새 였다. 하루해가 지듯 그의 인생도 끝난 것만 같았다. 짧은 겨울 해가 떨어지고 있었다. 서쪽 하늘 끝이 모닥불을 지펴놓은 듯 붉게 타올랐다. 누군가에게는 보람찬 하루를 끝맺는 충만한 시간인데 그에게는 자꾸 가슴이 벌렁거리며 쪼그라드는 슬픈 시간이었다. 담배를 줄여야겠다는 생각을 하면서도 손은 어느새 담배 한 대를 꺼내들었다. 부러 나뭇잎들이 금빛으로 떨고 있는 모습에 시선을 고정시켰다. 황금빛 훈장들이 나무에 달려있었다. 너무도 슬픈 황금빛이라는 생각만 들었고 그래서 모든 슬픔은 노란빛일 것만 같았을 때 눈앞이 흐려졌다.

남자는 죽어도 우울증 약은 먹기 싫다고 했다. 의사가 여러 방법을 일러줬다. 사람이 많은 곳을 찾아다닐 것. 낮잠을 자지 말 것. 긍정적인 생각을 많이 할 것. 중년이면 누구나 한 번쯤 겪는 증세로 여길 것. 규칙적으로 걸을 것. 운동을 많이 하고 땀을 흘릴 것.

개그 프로그램을 자주 볼 것. 어려운 일은 아니었다. 그 어느 것도 남자가 하고 싶은 것이 없을 뿐이었다.

그는 산을 내려와 동네를 걸었다. 매일 걷고 운동하라는 의사의 당부가 있어 그런 건 아니었다. 어둑어둑 해지는 하늘을 보는 순간 불안이 엄습했고 아무도 없는 집으로 들어가고 싶지 않았다. 불안감을 참지 못한 손이 조금 떨리기 시작했다. 달콤한 빵 냄새라도 맡아야 살 것 같아 불쑥 제과점 안으로 들어갔다. 단팥빵을 하나 집어들었다. 손에 뭐라도 들고 있으니 불안감이 좀 가라앉는 것만 같았다.

신호등 앞에 막 섰을 때 경찰이 다가와 그에게 물었다.

"혹시 근처에서 오리 보셨어요?"

경찰의 표정이 너무도 진지했다. 경찰이 찾고 있는 것이 오리주인도 아니고 오리라니. 그는 하마터면 웃음을 터트릴 뻔했고 그런 웃음은 오랫동안 그를 찾아오지 않았기에 어색하게 입술이 꿈틀거렸을 뿐이었다.

"오리라고요?"

세상에 서울에서 오리를 찾는 교통경찰은 없을 것 같아 되물었다.

"네, 새끼는 잡았는데……. 퇴근시간이라 길이 복잡해 위험한데"

경찰은 오리를 걱정하는 게 아니라 오리로 인해 교통 혼잡이 일어날까 걱정하는 눈빛이었다. 남자는 자신도 모르게 주위를 두리번거렸다. 동네 근처 천변을 산책할 때마다 마주쳤던 오리 가족들이 떠올랐다. 그 가운데 하나일 거라는 생각이 들자 남의 일 같지 않았다. 마치 일몰의 시간을 못 견디고 헤매는 자신의 모습을 떠올리는 사람처럼 보였다. 오리가 새끼를 데리고 차도를 건너 여기까지 온 사연이 궁금했지만 물을 수 없는 노릇이었고, 꽥꽥거리는 오리의 말을 그가 알아들을 리도 없었다.

남자는 오리도 견디지 못하는 일몰의 시간이라는 생각이 들자 자신의 증세가 조금 자연스럽게 느껴졌다. 오리를 찾는 일이 곧 자신을 찾는 일일 거라는 엉뚱한 생각까지 들자 몸이 하느작거렸다.

남자의 몸이 조금 뒤뚱거려지더니 엉덩이가 스스로 조금 뒤로 빠졌다. 남자는 오리처럼 한 번 걸어보고 싶었다. 어둠이 내려앉은 골목길을 하염없이 걸어보자고 결심했다.

오리 보셨어요?

세상에 그 많고 많은 병명 중에 선셋증후군을 앓는 오리라니요.

남자는 목숨을 걸고 오리가 건너왔을 험한 길을 떠올렸다. 걸음이 조금씩 빨라졌다. 다 살자고 하는 몸짓이라는 생각이 들었을 때 발밑에 깔린 어둠을 세게 밟을 수 있었다.

이상형을 찾아서

정성환

정성환

경북 영천에서 태어남. 고려대 졸업,

1995년 동서문학에 단편 「알바트로스의 날개」로 등단

「침묵의 소리」「어제의 시간」「마지막 카피」 등의 작품을 발표.

창작집 『강구기행』 발간

이상형을 찾아서

K는 예술과 인문학 분야에 관심이 많다. 연극 영화에 애정이 깊어서 연극 영화에 대해서는 평론가 못지않은 비평을 하기도 한다. 또한 타고난 테너목소리 덕분에 아마추어 성악가 취급을 받아 가끔 모임에서 이탈리아 가곡과 오페라아리아를 불러 격려의 박수를 받기도 한다. 그는 정규대학을 졸업하고서도 사이버대학 문화예술학과에 편입해서 음악, 미술, 영화를 공부했다. K는 예술분야뿐 아니라 문학, 철학, 정치에도 관심이 많아 스포츠를 제외한 어떤 화제에도 함께 할 수 있다. 그는 좋게 말하면 르네상스 맨이고 좀 비틀어서 말하면 딜레탕트라고 해야 할 사람이다.

성격과 대인관계에 문제가 없는 K도 여자를 보는 눈은 좀 별나다. 그가 바라는 이상적 여성상은 말 그대로 실현가능성이 희박한 이상이다. 얼굴은 당연히 예뻐야 하고, 몸매도 날씬하며, 학벌이 좀 받쳐주고, 보통 이상의 교양을 지니고, 성격도 좋은 여자, 그러면서도 집안이 지나치게 부자이거나 아버지가 정치인이거나 고관이 아닌 평범한 교양인 일 것. 이것이 그가 꿈꾸는 이상적으로 생각하는 배우자이다. 세상에 그런 여자가 어디 있겠으며, 설령 있다하더라도, 그의 아버지가 했던 말처럼, 그런 여자가 뭣하러 평범한 남자인 K에게 올 리가 있을까.

K가 군에 갔다 와서 대학 3학년 개교축제 때에 상당히 예쁜 여학생 A를 만나 한눈에 반했다. 그녀는 J대 연극영화과에 다니고 있었다. 만나자마자 둘은 급속하게 가까워져 일주일에 두세 번을 만났다. 쉽게 타오르는 불은 쉽게 꺼지는 법. 그녀는 예쁘고 애교가 많고 착하기는 하지만 지성미는 좀 미흡했다. K가 대학을 다니던 시기는 폭압적인 군사독재가 질식할 듯이 학원과 사회를 억압하던 시대였다. K는 반독재투쟁의 대열에 동참했고 그의 머리는 온통 반독재투쟁으로 부글거렸다. 연극영화 전공인 A는 정치사회의식이 거의 없었다. K의 동료들이 반독재투쟁에 나서다가 도망다니거나 제적당하고 군에 끌려가는 암담한 현실에서 예쁜 여자나 만나서 차 마시고 술 마시며 노닥거리는 것이 시대에 죄를 짓는 것만 같았다. 시대의 고민과 자의식이 없는 여자와는 일생을 함께 할 수 없다는 것이 그 당시 K의 생각이었다. K는 결국 시대에 죄

를 짓지 않는 대신 여자에게 죄를 짓는 길을 택했다.

K가 대학을 졸업하고 직장생활을 할 때에 회사의 동료가 자신의 친척인 B를 K에게 소개했다. B는 E여대 정외과 출신으로 무척 똑똑한 여자라고 했다. 만나보니 연극영화과 출신과 미모를 비교한다는 것은 애당초 무리라라 생각했으나 외모가 그리 빠지는 편은 아니어서 좀 관심이 갔다. 몇 번을 만나서 밥 먹고, 차 마시고, 연극 영화도 보면서 거리를 좁혀갔다. K는 연극 영화 애호가이기 때문에 연극 영화 관람 후에는 K가 이야기를 주도적으로 끌어갔고, 여자는 대체로 듣는 편이었다. 이야기가 정치사회로 옮겨지면 B는 정외과 출신답게 분명하게 자신의 의견을 피력했다. 반독재투쟁에 대해서는 둘의 의견이 다를 수 없었다. 하지만 당시 야당 지도자인 양김에 대한 생각에서 둘의 의견은 갈라졌고 서로의 주장을 굽히지 않았다. 결국에는 의견만 갈라진 것이 아니라 사람이 갈라졌다. 자의식 부족이 문제였다면 자의식 과잉 또한 문제였다.

어느 때 지인의 소개로 여자 C를 만났다. 그녀는 S여대 영문과 출신이었는데 긴 생머리를 하고 있었고, 그 긴 생머리를 자랑이라도 하듯이 자주 손으로 만지고 있었다. 머리카락을 지나치게 자주 만지는 여자는 성적욕구불만이 있는 여자라는 것이 K의 상식이다. 이런 여자는 애인으로는 좋으나 결혼상대로는 좀 문제가 있다고 K는 생각했다. K는 그녀의 성적욕구불만을 해소시켜주는 동시에 자신의 욕망을 몇 번 해결하는 선에서 만남을 정리했다. 그러면서도 아주 예쁜 여자가 머리카락을 자주 만지는 것은 용서할 수 있다고 K는 말한다. 이를테면 영화 '남과여'에서 여주인공 아누크 에메가 머리카락을 자주 만지는 장면이 나오는데 영화의 내용상으로 그녀는 남편을 사별한 상태로 새로운 남자 장 루이 트랑티냥을 만나는 상황이고 또 아누크 에메가 워낙 미인이라 충분히 납득할 수 있다고 말한다. 이런 이중 잣대가 어디 있단 말인가.

한번은 K의 친구인 유명한 소설가 Y가 여자 D를 소개했다. D는 H미대를 졸업하고 프랑스에 유학을 한 여자로 대학에서 강의를 하고 있었다. K가 주장하는 여성선호의 기준으로 본다면 대체로 합격점이었다. 프랑스 유학을 갔다 왔으면서도 거만한 태도가 전혀 없고 교양이 풍부하고 마음씨도 착한 것 같았다. 집안도 T시의 교양 있는 중류 집안이었다. 얼굴도 K자신에 비교하면 과분하다고 생각할 수준이었다. 미술전공 프랑스 유학파라 그런지 옷을 입는 것도 수수하면도 품위 있는 스타일이었다. 프랑소와 오종 감독의 '8명의 여인들'이라는 프랑스 영화를 보면서 K는 까뜨린느 드뇌브밖에 알 수 없는데, 영화를 보고난 뒤에 식사를 하면서 그녀가 나머지 7명의 여배우들에 대해서 자세하게 설명해주어서 역시 프랑스 유학파라 다르구나 하고 생각했다. 방황은 끝내고 이제

이 여자에게 정착해 버릴까 하는 생각이 조금 생겼다. 어느 봄날에 여자와 강화도에 놀러갔다. 초지진 광성보 등을 둘러보고 회를 먹고 돌아오는 길에 여자가 말했다.

"선생님, 언제 한번 동해안에 해를 보러 가십시다."

"그거 좋지요. 경북 영덕의 강구항이 참 아름다우니 거기로 한번 가지요."

며칠 후 K는 그녀를 태우고 서울에서 강구까지 차를 달려서 저녁나절에 강구에 도착했다. 강구는 이제는 고인이 된 이종형 김호달 시인이 살던 곳이라 K가 몇 번 갔던 곳이다. 드라마 '그대 그리고 나'의 촬영지인 강구항에는 대게식당이 화려한 조명으로 손님을 반겼다. 둘은 대게를 안주로 맥주를 마셨다. 술이 좀 들어가자 긴장이 풀린 여자가 피곤한 다리를 식탁 밑으로 뻗었다. 여자의 발목이 K의 눈에 들어왔다. 아! 여자의 발목이 굵었다. 발목이 굵은 여자는 비록 다이어트로 뱃살과 장딴지를 줄여 놓아도 조금만 소홀하면 바로 허리와 장딴지가 굵어진다는 것이 K의 지론이다. K는 크게 실망했다. 결혼 후에 뚱뚱해진 몸매로 소파에 비스듬히 앉아 TV 리모컨을 누르고 있을 여자의 모습을 상상했다. 아니야, 이건 아니야. 잠시 뒤에 술을 마신 상태라 조심스럽게 운전해서 비치호텔로 가 주차를 하고 프런트로 향했다. K가 체크인하는 동안 여자는 소파에 앉아 있다. 룸 카드를 받은 K가 엘리베이터 버튼을 누르고 여자에게 룸 카드를 주면서 말했다.

"D씨 룸은 삼백삼호입니다. 해는 일곱 시에 뜬다고 하네요. 여섯 시 반에 모닝콜을 신청했습니다."

엘리베이터 문이 열리고 여자가 안으로 들어갔다. 남자가 손을 약간 들어 올리며 말했다.

"그럼, 편히 주무십시오."

엘리베이터 문이 닫히자 K는 힘없이 걸어서 1층 자신의 방으로 갔다.

K가 친구들에게 이 사건을 이야기했을 때 친구들이 일제히 K를 공격했다. 여자가 먼저 해 보러 가자고 해서 갔다며 발목이 굵든 가늘든, 결혼을 할 것이든 말 것이든, 일단 하고 와야지 거기까지 가서 해만 보고 하지 않고 오는 바보가 어디 있느냐고, 발목이 굵다고 결혼을 하지 않는 인간은 너밖에 없을 거라고 친구들이 비난했을 때 K는 당당하게 자신의 지론을 편다.

"야, 이 친구들아 세기의 두 미녀배우 오드리 헵번과 엘리자베스 테일러를 비교해봐라. 헵번은 '로마의 휴일'에 나오던 그 몸매가 은막에서 은퇴하고 유니세프 친선대사를 하며 말년을 보내고 죽을 때까지 그대로 유지되었지만, '젊은이의 양지'에 나와 우리들의 젊은 가슴을 온통 흔들었던 그 테일러가 말년에 뚱뚱한 몸매로 나이 어린 남자를 데리고 다니던 모습을 생각해보라고. 두 사람 다 미녀인 것은 틀림없지만 헵번은 몸과 얼굴이 납작한 평

면형이며 발목이 가늘고, 테일러는 몸과 얼굴이 입체형이고 발목이 굵은 타입이라고. 내가 여자의 발목을 보는 이유를 니들이 이제 알겠어!"

대체 K의 이상향이 아닌 이상형 찾기의 여정은 언제까지 계속될 것인가. 참 알 수 없는 것은 K는 자신이 잘난 사람이 아니라는 것을 진심으로 시인하면서도 결혼을 못한 것에 대해서 전혀 주눅이 들지 않는다는 것이다. 친구들이 장가 못간 그를 골려먹으면 K는 목청을 높인다.

예수가 결혼했냐. 고타마 싯다르타는 처자식을 두고도 출가하지 않았느냐. 결혼 안한 사람이 어디 그뿐이냐. 데카르트, 칸트, 니체, 보들레르, 랭보, 바이런, 플로베르, 카프카, 고갱, 다빈치, 리스트, 뉴턴……. 그러면 친구들은 K의 입을 틀어막고 이렇게 공격한다. 야, 네가 그 사람들과 같은 급수냐? 그러면 K는 또 항변한다. 야, 급수는 다르지만 적어도 독신이라는 하나의 동질성은 그들과 공유하고 있다 이 말이야. 너는 결코 그 사람들과 이런 동질성을 가질 수 없다는 점을 인정하라 이거야!

결혼은 포위당한 성과 같다. 밖의 사람은 안으로 들어가려 하고, 안의 사람은 밖으로 나오려 한다.

까스명수

최옥정

최옥정

2001년 『한국소설』에 「기억의 집」으로 등단.

허균문학상, 구상문학상 젊은작가상 수상.

소설집 『식물의 내부』 『스물다섯 개의 포옹』 『늙은 여자를 만났다』 장편소설 『안녕, 추파춥스 키드』 『위험중독자들』 『매창』 포토에세이집 『On the road』 『오후 세 시의 사람』 에세이집 『삶의 마지막 순간에 보이는 것들』 소설창작매뉴얼 『소설창작수업』 『2라운드를 위한 글쓰기 수업』

까스명수

그는 오늘 아침 일흔 살이 되었다. 11월의 첫날 농사를 짓는 시골집 문간방에서 어머니의 비명과 함께 태어났다. 그 집은 지금 사라지고 없다. 어머니도 그를 낳은 지 얼마 안 돼 세상을 떠났다. 그러나 11월 1일은 해마다 꼬박꼬박 잊지 않고 돌아온다. 이날 그는 잊고 있던 어머니와 그녀의 비명을 떠올렸다. 그녀가 먹었을 미역국을 생각하며 자신이 먹을 미역국을 끓인다. 70년 전 어머니가 그를 낳을 때는 아들이 평생 혼자 사는 것도 모자라 큰 병을 앓다 혼자 죽어갈 거라고는 짐작조차 하지 못했을 것이다.

통증을 다스리는 일, 민폐를 가장 적게 끼치고 자신의 죽음을 마무리하는 일. 이 두 가지를 매일 아침 되새긴다. 그러고 나서 적은 양의 밥을 오래오래 씹어서 먹고 산책을 다녀온다. 이즈음 그가 두려워하는 것도 두 가지다. 집에서 혼자 죽어 시간이 많이 지난 뒤 시신이 발견되는 게 죽는 것보다 겁난다. 또 하나의 공포는 밖에 나가서 돌아다니다 아무 데서나 쓰러져 숨을 거두는 것이다.

외출할 때마다 주민등록증을 꼭 챙기는 것도 그래서다. 그게 두려우면 집에 있으면 될 텐데 집에 있으면 혼자 죽게 될까봐 두렵다. 이 두 가지 두려움이 서로 아귀가 안 맞는다는 것을 그는 의식하지 못했다. 결론적으로 그는 다가오는 죽음을 두려워하고 있었다.

다세대주택의 지하방이 그의 거처다. 보증금 천만 원에 월세 이십오만 원. 통장에 있는 오백만원 가량의 저축과 지갑 속의 십만원 남짓한 현금. 그 돈으로 무얼 할 수 있을까. 최저생계비로 쓴다면 얼마나 버틸 수 있을까.

미역국을 식혀가며 입에 떠 넣다가 앞으로 몇 번이나 더 미역국을 먹을 수 있을지 생각한다. 한번쯤 더 가능하지 않을까? 이번이 마지막이 될 거라는 예상이 더 현실에 가깝다. 이 겨울을 넘기거나 넘기지 못하고 그는 죽을 것이다.

미역국을 다 먹고 서랍에서 까스명수를 꺼낸다. 느릿느릿 뚜껑을 딴 다음 생명수라도 되는 듯 음미해가면서 마신다. 병마개를 오른쪽으로 돌려 딸 때의 따다닥, 하는 파찰음을 좋아한다. 그 소리를 듣기 위해 까스명수를 마실 때도 있다. 내용물을 다 마시고 나서 입맛을 쩍 다시고 혀로 입술을 핥는다. 입술에 묻었던 소량의 까스명수가 혀끝에 닿는다. 맛도 좋고 기분도 좋고 몸에도 좋은 가스명수.

그는 한결 가벼워진 몸과 마음으로 모자를 쓰고 점퍼에 팔을 꿴다. 서랍에서 까스명수를 한 병 꺼내 주머니에 넣고 현관으로 나선다. 서랍 속에는 아직 여덟 병의 까스명수가 남아 있다.

바깥은 날이 제법 쌀쌀했다. 11월이 된 것을 축하하는 바람이 분다. 성치 않은 무릎과 폐 때문에 숨이 가빠서 산책은 삼십 분을 넘기지 않는다. 버스 정류장으로 치면 한 정거장쯤 되는 거리를 걷는 동안 숨을 몰아쉬기 위해 서너 번은 걸음을 멈춘다. 동네 시장을 지나 어린이놀이터를 지나 예전에 교회가 있었던 공터에 다다르면 그는 발길을 돌린다. 거기까지가 그의 산책로다.

그 중간에 십오 년 된 아파트가 있고 거기 딸린 경로당에 갈 수도 있지만 그는 친구를 사귀려 하지 않는다. 평생 친구 없이 살았다. 친구를 사귄 적도 있었지만 어쩐 일인지 오래 가지 않았다. 막노동을 하면 자주 일자리가 바뀌고 만나는 사람도 바뀐다. 좀체 술자리에 낄 수가 없었다. 그들을 미워하거나 무시한 적은 없었다. 술을 잘 마시지 못했고 말주변도 없어서 꿔다놓은 보리자루처럼 앉아 있는 그를 사람들은 불편해 했다. 그들은 곧 그를 부르지 않았다. 그도 그들을 찾지 않았다.

그러다 일흔 살이 되었다. 눈 깜짝 할 사이였다. 여자를 만날 시간도 결혼을 할 시간도 없었다. 늘 바빴고 오직 일만 하면서 열심히 살았다. 남들은 어떻게 그 모든 것을 다 하고도 결혼까지 하는

지 그는 알 수 없었다.

그의 걸음이 조금 빨라졌다. 시장 앞에 이르자 그는 잠시 머뭇거린다. 오늘이 생일이니 뭔가 별식을 먹어야하지 않을까. 아주 조금밖에 먹을 수 없을 테지만 고기 비슷한 뭔가를 먹어줘야 할 것 같았다. 오랜 습관이란 신념이 되기도 하니까. 생일이 특별해야한다는 생각에 동의하는 건 아니라도 오늘은 지루한 일상에 변화를 주고 싶었다. 생일이라서, 어쩌면 마지막이 될 생일이라서 그럴 것이다.

그는 생선가게 앞을 지나쳤다. 대구가 커다란 입을 벌리고 있었다. 시원하게 매운탕이라도 끓이고 싶었지만 양념이 제대로 갖춰져 있지 않아 포기했다. 소화만 시킬 수 있다면 고기를 사서 구워먹고 싶었다.

그가 대구에게서 눈을 돌리려는 순간 생선가게를 지키던 여자가 어어어 하며 오른손으로 가슴을 두드리더니 그 자리에 주저앉았다. 사람들이 몰려들었다. 오십대 후반쯤으로 보이는 뚱뚱한 여자는 눈동자를 뒤집었다. 뇌출혈이나 심근경색 같은 병명이 그의 머리를 스쳤다. 사람들은 우왕좌왕하며 어찌 할 바를 몰랐다.

생선냄새가 진동하는 축축한 바닥에 주저앉은 여자는 이상한 소리를 냈다. 누군가 119에 전화를 하라고 했다. 그도 다른 사람들처럼 당황했지만 핸드폰이 없었기 때문에 119에 전화를 할 수가 없었다. 여자는 고통스러운 듯 가슴을 쥐어뜯었다. 그는 호주머니에 손을 넣고 여자를 물끄러미 바라보았다.

며칠 전 그를 찾아왔던 통증이 떠올랐다. 가슴에서 화산이 터지고 머릿속에서 회오리바람이 부는 것 같은 고통이었다. 그때 그는 어떻게 했던가. 병원에서 주는 진통제를 먹었지만 효과가 없었다. 방바닥에 엎드린 그는 이마로 바닥을 찧었다. 혀를 깨물어선 안 된다고 스스로에게 주의를 주며 입을 벌렸다. 그리고 뱀처럼 배를 밀어 서랍으로 가서 까스명수 한 병을 꺼냈다. 간신히 마개를 열고 음료를 마시자 두통도 가슴의 동통도 가라앉았다. 그는 호주머니 속을 만지작거렸다. 거기 까스명수가 있었다. 그가 병뚜껑을 오른쪽으로 비틀 때 어김없이 소리가 났다. 따다닥. 그는 병을 여자에게 내밀었다.

"이거 먹으면 나을 거요."

사람들은 혀를 끌끌 찼다. 미친 노인네네. 손님을 핑계로 구경꾼은 대부분 자기 가게로 돌아가고 옆집의 반찬가게 여자만 몇 번 기웃거렸다. 119는 아직 도착하지 않았다. 그는 바닥에 쭈그리고 앉아 여자에게 까스명수를 내밀었다. 여자는 인상을 찌푸렸다.

'저리 비켜!'

여자는 입술로 말하고 있었다. 그는 여자가 답답했다. 여자는 통증으로 몸을 비틀었다. 그는 여자의 손을 잡고 병을 쥐어주려고 했다. 여자는 더 세게 몸부림을 쳤다. 발로 그의 다리를 걷어찼다.

"그러니까 이걸 먹어요."

여자는 짐승 같은 소리를 내며 더 크게 비명을 질렀다. 흩어졌던 사람들이 다시 모여들었다. 이제 그들의 시선은 여자가 아닌 그에게 머물렀다. 미친, 거지, 정신병자, 변태 같은 단어들이 사람들의 입에서 빠져나왔다. 그는 통증으로 몸을 트는 여자에게 내민 까스명수를 손에 든 채 쩔쩔맸다. 곧 여자는 위험에 빠질 것이다. 이걸 먹어야 하는데.

그에게는 오로지 여자의 일그러진 눈만 보였다. 그는 여자에게 한발 다가갔다. 여자의 손을 잡았다. 병을 쥐어주려고 했다. 여자는 몸부림쳤고 사람들 틈에서 나온 한 남자가 그를 밀쳤다. 그는 여자의 맞은편 쪽에 나동그라졌다. 그래도 까스명수 병은 손에 꼭 쥐고 있었다. 119의 경보음이 들렸다.

저 늙은이 잡아넣어야 하는 거 아냐?

뭘 그냥 미친 것 같은데.

저리 끌어내.

사람들은 그를 시장 한가운데로 끌어냈다. 그의 엎어진 몸 위로 따가운 욕설이 쏟아졌다. 언젠가도 이런 일이 한번 있었다. 그때도 그는 누군가를 도우려 했고 사람들은 그를 미쳤다고 했다. 그에게는 비슷한 일이 반복해서 일어난다. 그때처럼 일어나서 걸어가야 하는데, 병원에 가고 치료를 받아야 하는데 몸을 일으킬 수가 없었다.

"안정을 취해야 해요. 스트레스 받지 말구요. 집에서 쉬면서 드시고 싶은 거 있으면 다 드세요."

의사는 그를 똑바로 쳐다보며 다짐했다. 예전에는 그의 몸이 유리그릇 같다고 했었다. 이제는 깨지지 않게 조심하라는 대신 가만히 있으면서 먹고 싶은 거나 맘껏 먹으라고 한다. 의사의 목소리는 그의 아버지를 떠올리게 했다. 몸조심하고 잘 살고 있으면 아버지가 데리러 올게. 아버지는 그의 주머니에 뭔가를 넣어주었다. 까스명수였다. 그는 아직 따뜻한 까스명수 병을 손에 쥐었다. 몸조심하고 잘 살고 있었지만 아버지는 그를 다시 찾지 않았다.

그는 한 손으로 가슴을 쥐어뜯었다. 심장 안을 면도날이 헤집고 돌아다니는 것 같은 통증이었다. 아무도 그의 곁으로 몰려들지 않았다. 오른손에 든 까스명수를 입 안에 들이부을 힘이 없었다. 사람들의 아우성도 119의 경보음도 사라지고 그의 귀에는 아무것도 들리지 않았다. 손바닥에 닿은 까스명수의 옅은 온기도 그의 손을 빠져나가려고 한다.

마침내 그는 손을 펴고 편히 누웠다. 누군가 다가오는 기척을 느꼈지만 눈을 뜨지 않았다. 70년은 너무 길었다. 하루하루는 너무 금방 지나갔다. 지금처럼 아무것도 느낄 틈 없이 무언가가 다가오고 곧 사라졌다. 이제 그의 몸도 그리 될 것이다. 누가 그의 팔을 흔들었다. 말소리는 멀어졌다. 여태껏 느껴보지 못한 평온함이 그의 몸을 둘러쌌다. 그는 딱 한 번 눈을 떴다가 감았다. 흐릿한 하늘만 눈에 가득 찼다. 그는 천천히 고개를 끄덕였다.

틀린 옛말 없다더니

한상준

한상준

전북 고창 출생

1994년 『삶, 사회 그리고 문학』지에 「해리댁의 忘祭」를 발표하면서 작품 활동 시작

소설집으로 『오래된 잉태』 『강진만』

산문집으로 『다시, 학교를 디자인하다』

틀린 옛말 없다더니

산속이라 해서 소음이 없는 건 아니다. 바람 불어 나뭇잎 살랑대는 소리, 굴곡 따라 콸콸콸 흐르는 계곡 물소리, 땅콩 밭에 숨어들어 땅콩 캐먹는 맛에 정신 팔려 있다 휘이익 몰아치는 바람에 후다닥 정신 챙겨 달아나는 꿩의 날갯죽지 푸드득거리는 소리, 통밤 갉아 먹다 떨어지는 낙엽에 놀란 다람쥐 휘둥그레 눈알 번득 굴리는 소리며 급기야 나무줄기 타고 오르는 물 박동 소리까지, 내가 내고 싶어 내는 소리 아닌 자연의 소리에다 곁들여, 먹고 사는 살림집이고 보면 밥쌀 씻는 소리, 밥 익는 소리, 밥 푸는 소리, 하다못해 입 안에 밥 밀어 넣는 소리, 밥 씹는 소리까지 온통 소음 아닌 게 없다. 겨울 초입인지라 땔감 쌓아놓는 일은 생존이 걸린 중차대한 열 가지 중 앞다투는 일이니, 땔감 잘 갈무리하는데 엔진

톱 쓰고 도끼 사용하지 않을 수 없다. 장작 패는 유압도끼 있다면 그나마 커피 식을 동안에 끝낼 소음이겠으나 엔진톱으로 잘라놓은 통나무 장작으로 쪼개는 작업은 만만치 않은 굵은 소음을 동반한다. 산 속에 혼자 살면서 혼자 해내야 하는 일이기에, 도끼질하다 바짝 마르고 심심해진 입 축이느라 술 한 잔 하려는 술상 보는 몸짓 또한 부산하여 소음을 자아낸다. 한 잔 술 입안에 털어 넣다가 불현듯 중천에 떠 있는 늦가을 해 바라보는 건 소음을 동반하지 않으니 그나마 좋다. 중천볕 쳐다보다 들었던 술잔 조심스레 내려놓으며 안주 집는 젓가락질이 우려내는 소음은 있으나, 소음 싫어 조바심을 낼 일이어도 하물며 거기까지 참아내지 못하면 소음공포증에 다름 아닌 터, 이쯤은 묵인할지어다. 소음 때문에 다투거나 소음으로 낭패 본 옛일 더듬어 보면 적지 않으나 예, 들어보자면 이렇다. 시골 살다 시골보다 조금 큰 중소도시로 이주하면서 몇 권의 책 놔둘 공간 없이 살았던 차에 방 네 개짜리 미분양 2층 아파트를 덥석 물었겠다. 이주해 오자 여러 친우들이 술자리를 자주 마련했고 나 또한 술길 찾아 유유자적 저녁 시간 보내고 있던 처지라 늦게 들어와 늦게 자고 늦게 일어나, 아파트 주변 소음 느끼지 못한 데다 다행히 위층에 노부부 두 분만 사시는지라 층간 소음도 귓바퀴에 닿지 않았다. 그렇게 3개월 지난 어느 날, 술길 찾지 못해 일찍 집에 들었고 일찍 잠을 잤고 일찍 일어난 새벽 4시 무렵, 길가 쪽에서 차 소리 요란스레 몰려오는 게 아닌가. 맹렬히 질주하는 소리가 아니었다. 신새벽에 먼 길 떠나려는 대형 화물트럭이 엑셀레이터 밟아 엔진의 기운 북돋우는 공회전 소리는 그야말로 연쇄 폭음으로, 나를 미치게 만들었다. 내 방 갖는 소망 우선 이루고자 주위의 지형지물은 경계 범위로 상정하지 못한 탓이 컸다. 애당초 그런 걸 고려하여 집을 고를 정도로 치밀하지 못한 화상이었다. 예산 배정되지 않아 공사가 중단되어 개통하지 못한 8차선 도로는 대형 트럭들 밤샘 주차를 묵인하는 지형이었던 게다. 3개월이 지난 뒤에야 후회하며 수선 떨어봐야 헛일이렸다. 그 소음 확인한 뒤 아파트를 팔기 위해 내놓았지만 5년 지나고서야 샀던 그 값에 팔 수 있었다. 그 집 팔고 이사한 아파트에서 소음으로 인한 고통 겪어야 하는 일대 실수를 또 저지르고야 말았으니, 아으. 임대 아파트였는데, 크기와 주위 풍경이 딱 내가 요망하는 지형과 지물을 거느리고 있었다. 맨 앞 동 8층 남향인데다 소나무 우거진 산이어, 큰 정원을 품게 된 또 하나의 소망을 이룬 셈이었다. 난감함은 이사한 그 날 저녁 바로 당도했다. 위층과 아래층, 더 위층과 더 아래층에서까지 질주해오는 층간 소음이 나를 겁탈하거나 숨통 끊어내려는 태세로 침입하는 소음의 폭주라니, 젠장. 그 아파트 처분하는 데도 5년 걸렸다. 다행이라고 속물적 근성 차원에서 이야기하자면 임대에서 분양 받은 금액보다 배 넘게 오른 가격으로 팔았고, 남긴 돈으로 지금 살고 있는 산속 땅을 살 수 있었으며 이제 정말로 산속에서 혼잣살림 하며, 소음 몰고 쳐들어올

이웃 없으니 이제야 진짜 소원 이뤘다고 쾌재할 만큼 좋았다. 좋은 날의 연속이었다. 산속에서 혼잣살림하던 어느 날, 웃통 벗고 밭고랑 매고 있는 내게 다가와 존경해 마지않는 눈매로 인사 건네는 사람 있었으니, 그가 바로 나의 초막에서 불과 30여 미터 떨어진 곳에 펜션을 지어 지금 성업 중인 사장이다. 한참 뒤에야 정신 차려 그 사장의 인상을 곱씹어보니, 그 때 웃통 벗고 호미 들고 있던 빈약한 내 근육질과 행색을 본 뒤 헤프고 별 볼 일 없는 놈으로 딱 확정해버린 눈치였음을 나는 당시엔 왜 몰랐던가? 어느 날, 깊은 산속에 깊은 어둠이 깃든 밤의 펜션에서 노래방 소리에 맞춰 불러대는 손님들의 노래 소리 들려 부리나케 쫓아가 항의하는 나를 농락하는 그의 인품은 내가 감당할 수 없는 지경의 사람이었다. 한바탕 소동과 난리를 피우고 난 뒤 소음 공포에 시달리면서도 민원 제기하겠다는 나의 엄포 아니 엄살 이후 조심하고 있는 듯한 사장에게 고마움마저 느끼며 묵묵히 귀 막고 살고 있는데, 아, 아, 어쩌랴. 우중충한 날씨, 우중충한 마음으로 토방에 걸터앉아 멍 때리며 앞산 바라보고 있던 어느 그 날, 내게 동의서 들고 찾아와 내 초막 위에 소재한 물려받은 산 몇 천 평 가지고 있는 산 아래 마을 출신 출향민인데, 정년하고 산에 들어와 표고버섯 재배하려 마음 도지고 있는 바, 동력이 필요하와 전기 끌어들일 수 있도록 나의 동의 얻고자 찾아왔다는 것이렷다. 농민이 되고자 하는 이웃이 오는데, 농민이 되고자 열혈의 마음 지닌 채 살고 있는 내가 마땅히

동의서에 내 마음 실어줘야 옳은 사안이어, 전봇대 세우는데 필요한 토지 사용 승낙서에 싸인해주었고, 전기가 가설되었다. 그러던 어느 날, 낮부터 뽕짝 메들리가 들리기 시작했다. 깜짝 놀랐다. 산속의 농부이고자 한다는 자의 산에서 나는 소리였다. 듣기에 좋은 내 취향 7080 노래면 더 좋을 텐데 하면서도 성질이 솟고라졌다. 이게 무슨 날벼락인가? 소음 싫어 산에 들어온 내가 소음 내지르는 음향기기에 전원 공급할 수 있는 전기 가설 공사에 동의해 주다니, 이런. 정말이지, 소음 내려는 소지가 조금이라도 엿보이는 인상이었다면 동류의 농민 지향자라 할지라도 철면피하게 결단코 전력 공급 공사에 필요한 토지사용승낙동의서에 또박또박 정자로 이름 석 자 써주지 않았을 것이다. 내 손목을 비틀고 싶은 뼈저린 후회를 지금 하고 있다. 그러나 어쩌랴, 노랫소리는 그나마 하루 중 길어야 1시간 정도여서, 그 시간만큼은 귓구멍에 이어폰 꽂고 요즘 뜨는 팬텀싱어2 노래 중 'Look Inside'를 녹음한 1시간짜리 재생음 들으며 그야말로 인내하자, 다짐하면서 놀란 가슴 끌어안고 살아보고자 했다. 그런데, 정말 그런데, 나를 참지 못하게 하는 슬프고 가슴 아린 모습이 보였으니……, 늦가을 볕에 잎 다 내주고 이제 동면에 들려는 은행나무, 참빗살나무, 단풍나무, 산수유나무, 고로쇠나무, 개복숭아나무, 대추나무, 감나무, 매실나무, 모과나무, 뽕나무, 보리수나무, 사과나무에 이르기까지 낙엽 떨군 나무들의 저 깊은 휴식을 침범하고, 뽕짝 메들리에 놀라 저 아래 산

모롱으로 냅다 피해 달아나는 작고 여린 멧새의 아픔을 어찌 눈 감고만 있을 수 있으랴, 하는 마음이 늦가을로 깊어갈수록 가을비 긋고 피어오르는 산안개처럼 마구 칩떠오르는 것이렷다. 하여, 오늘 따라 뽕짝 메들리에서 육성의 노래방 가동 중인 윗산의 간이 막사에 휘적휘적 찾아가 싸웠겠다. 단박에 졌다. 시끄럽게 떠들려고 산에 들어왔는데, 내 산에서 내 맘대로 노는 걸 네 놈이 뭔데 간섭이냐며, 욕설 내뿜고 작대기 치켜들고 달려드는 막무가내에 그만 기함하여 도망치고 만 내 꼬락서니하고는, 으흑. 고양이 피하려다 호랑이 만나고, 가랑비 피하려다 소낙비 만났다는 옛말, 틀린 옛말 없다더니, 아주 맞다. 주먹 없으면 언감생심, 이빨이라도 지녀야지 이것저것 쥐뿔도 없는 놈이 산속에서 날폼 잡고 혼자 살려는 심중부터가 애당초 틀렸다는 게 속담처럼 맞다는 것이렷다, 쓰바.

해설

미니픽션이라는 렌즈를 통해 본 '혼자 살기'의 다양한 빛깔

이경재
문학평론가 · 숭실대 교수

미니픽션이라는 렌즈를 통해 본 '혼자 살기'의 다양한 빛깔

1.들어가며

오늘날 1인 가구는 예외가 아니라 범례라고 할 정도로 일반적인 삶의 양식이 되어 가고 있다. 1인 가구 비율은 2014년 31.5%, 2015년 32.1%, 2016년 32.8%로 매년 증가 추세를 보이고 있으며, 2019년에는 1인 가구가 전체 가구 형태 중 1위를 기록할 것으로 예상된다. 인류는 태고 이래로 단체생활을 해왔다. 수렵 채집 시대는 말할 것도 없고 농경시대에도 대가족은 인간 삶의 기본 단위였다. 근대 이후에는 여러 세대가 함께 사는 대가족 형태는 약화되었지만, 부부 중심의 핵가족은 견고하게 유지되었다. 그러나 21세기 들어서는 핵가족조차 거추장스러운 듯 인간들은 홀로의 삶에 몰두하고 있다. 물론 이러한 '홀로 살기'에는 능동적인 지향과 더불어 수동적인 감

내가 공존하고 있다. 이제 '홀로 살기'는 문학이 집중해서 성찰해야 할 인간 삶의 핵심적인 테마가 되어 가고 있는 것이다. 이러한 측면에서 한국미니픽션작가회의가 '홀로 살기'라는 주제로 『미니픽션 10집』을 만든 것은 참으로 시의적절다고 할 수 있다.

한국미니픽션작가회는 미니픽션의 전통이 강하지 않은 한국에 미니픽션의 씨앗을 뿌리고 있는 참으로 소중한 단체이다. 10이라는 숫자는 한 단계의 완성과 새로운 시작을 의미하는 숫자이다. 『미니픽션 10집』은 한국 문단에 미니픽션이라는 장르가 단단한 뿌리를 내리게 되었음을 알려주는 하나의 증표라고 할 수 있다. 20세기 후반 라틴아메리카에서 시작된 미니픽션은 짧은 분량으로 인생과 세상의 본질적 단면을 날카롭게 포착하여 형상화하는 장르이다. 삶의 리듬이 이전과는 비교도 할 수 없이 빨라진 21세기에 미니픽션은 소설 장르의 새로운 전위이자 희망이 될 여지가 충분하다. 실제로도 미니픽션의 작자나 독자는 양과 질 양면에서 나날이 팽창하고 있는 중이다. 이번에 발간된 『미니픽션 10집』은 미니픽션이 다가올 시대에 인간과 세상의 겉과 속을 드러내는 서사 장르의 대표가 되기에 충분하다는 것을 확인시켜주는 구체적 실증이라고 할 수 있다.

2. 영원한 '너'와 '나'

모든 인간 문명은 결혼을 '홀로 살기'에서 벗어나는 대표적인 제도로 규정한다. 우리도 예외는 아니어서 '짝'이니 '동반자'니 하는 말은 모두 혼자에서 벗어나 누군가와 함께 인생을 걸어가는 인간을 떠올리게 하는 단어들이다. 그러나 부부관계야말로 인간의 근원적 단자성(單子性)을 체험할 수 있는 계기가 되기도 한다. 구자명의 「너와 나의 예정된 가을」, 구준회의 「혼밥의 결말」, 김진초의 「하이고」는 부부관계에서 발생하는 여러 가지 모양새의 '홀로 살기'를 형상화 한 작품들이다. 부부는 가장 가까운 인간관계이기에 무촌(無寸)이지만, 동시에 완전한 타인이기에 무촌(無寸)일 수도 있는 것이다.

구자명의 「너와 나의 예정된 가을」은 가장 가까운 사이인 부부도 결국에는 '너'와 '나'일 수밖에 없음을 드러낸 작품이다. 작중의 부부는 30년 전에 사르트르와 보부아르처럼 "서로의 독립성을 완전히 보장하면서도 더불어일 수 있는" 계약결혼을 한다. 삼십 년 만기 계약결혼 문서를 작성하여 공증까지 받았지만, 둘은 혼인신고를 하고 아이의 출생신고까지 하며 30년을 무난하게 보냈다. 그러나 '나'는 어느 순간부터 "이게 아니잖아. 아니었잖아…."라는 절규를 하고, 30년 만에 계약결혼 문서까지 꺼내게 된다. '나'는 남편에게 이별을 요구하고, "독립된 공간에서 내가 지난 삼십 년간 잃고 살아온 그 무엇인가를 복원하는 일을 차근차근 해볼 셈"인 것이다. 그러나 그러한 계획을 말하려는 순간 남편이 먼저 사라져 버리고 만다. 남편의 사라짐은 남편 역시 '나'처럼 "이게 아니잖아. 아니었잖아…."를 반복해왔을 가능성을 강하게 암시한다. 결국 「너와 나의 예정된 가을」은 결혼을 하더라도 인간은 근본적으로 고유한 단자일 수밖에 없으며, 그렇기에 굳이 계약결혼을 하지 않더라도 모든 결혼은 기본적으로 계약결혼이라는 점을 보여준다.

구준회의 「혼밥의 결말」과 김진초의 「하이고」는 서로의 거울상과 같은 작품들이다. 「혼밥의 결말」에서 '나'는 아내에게 거의 학대받는 삶을 살아왔다. 음독자살까지 하며 쫓아다닌 끝에 아내는 '나'와 결혼했지만, 그 앙갚음이라도 하겠다는 듯이 결혼한 후 아내는 "사사건건 못되게 굴기 시작"한다. '나'와 가족과의 인연도 모두 끊다시피하고, 어머니의 제사도 지내지 않는다. '나'는 "아내를 두고 같이 혼자 밥을 먹는 것과 없어서 혼자 먹는 것은 다르다. 홀로 되어 홀로 밥을 먹는 것이 차라리 정당하며 떳떳할 수 있다"는 생각으로 아내와의 관계를 단절하기로 결정한다. 그러나 마지막으로 부모님의 산소에 다녀온 후 반전이 시작된다. 갑자기 '나'는 아내에게 극존칭을 쓰며 저녁식사를 대접하는 것이다. 그런 날이 계속 되자 반발심에서 시작했던 아내도 의구심을 거쳐 이해와 긍정 그리고 반성과 고마움의 마음까지 갖게 된다. 그리하여 모든 관계가 원만하게 다시 시작되려는 순간에 남편은 진실을 고백한다. 사실 남편은 죽은 어머니의 말을 듣고, 아내를 어머니 삼아 제사상을 차려줬던 것이다. 결국 남편은 이혼을 선언하고, 아내와 남편은 영원한 '너'와 '나'라는 타인으로 남게 된다.

김진초의 「하이고」도 「혼밥의 결말」처럼 극적인 반전이 소설의 묘미를 자아내는 작품이다. 또한 이 작품에는 한국사회의 가난이 실감나게 드러나 있다. '나'는 차상위계층으로 분류되어 긴급지원으로 고시원에 사는 행운을 누리지만 그 행운도 지속되기는 어렵다. 간경화까지 앓고 있는 '나'는 고독사에 대한 뉴스를 보면서 그것을 자기의 일로 받아들인다. '나'는 "부자를 갈라놓은 천하에 나쁜 년, 내 눈에 띄는 날이 제삿날이다!"라며 "헤어진 아내를 향해 선전포고"를 하고는 주머니에 잭나이프를 가지고 다닌다. 우연히 '나'는 아들의 뒤를 밟다가 만년위패를 모시는 도심 속 사찰에 발을 들여놓게 된다. 그러나 그곳에서 아들이 엄마의 제사를 지내는 것을 보고서는, 점퍼 주머니 속 칼끝을 정확하게 자신의 심장으로 겨눈 채

"내 삶의 끝이 부디 이곳에서 이루어지기를"이라며 있는 힘껏 앞으로 고꾸라진다. 선전포고를 한 아내는 이미 죽은 사람이었으며, 그 사실을 안 순간 아내를 향한 미움과 원망은 자신을 향한 자책과 회한으로 바뀌었던 것이다. 그러고 보면, '나'와 아내의 관계에서 더욱 혹독하게 굴었던 것은 '나'였는지도 모른다. 둘의 이 처절한 관계의 화해가 이루어지는 것은 결국 죽음을 통해서만 가능하다. 구자명의 「너와 나의 예정된 가을」, 구준회의 「혼밥의 결말」, 김진초의 「하이고」는 외로움의 끝으로 이야기되는 부부 관계야말로 새로운 외로움을 낳는 계기가 될 수도 있음을 보여주는 작품들이다.

3. '홀로 살기'의 묵시록

미래란 결코 현재와 무관한 갑작스러운 돌출이 아니다. 현재가 과거의 결과이듯이, 미래 역시 현재의 결과일 수밖에 없다. 과거에서 현재로 이어진 선에 여러 가지 힘을 작용시켰을 때, 그 선이 가닿는 곳이 바로 미래인 것이다. 그렇기에 미래를 그려보는 것은 우회적이지만 설득력 있는 현재에 대한 진단일 수 있다. 김민효의 「옆집 남자의 가족사진」과 양동혁의 「살아 있는 남자」는 미래를 배경으로 하여, 현재 우리의 '홀로 살기'가 얼마나 병적인 것인가를 드러내는 작품들이다. 두 작품은 모두 미래가상소설이라고 할 수 있다.

김민효의 「옆집남자의 가족사진」에서 '나'가 사는 아파텔은 "철저하게 혼자인 삶을 보장"하는 곳이다. 여기에서 이웃은 "서로 스쳐 지나는 행인1 혹은 행인2 정도의 존재"에 불과하다. "벽을 사이에 두고 산다고 해서 서로 인사를 나누거나 시선을 교환하지는 않"던 '나'는 우연히 1인용 칸막이 식당에서 고기를 구워먹다가 옆집 남자를 만난다.

이 작품의 한가운데는 옆집 남자의 집에 걸려 있는 가족사진이 놓여 있다. 그 사진 속에서 "옆집남자는 나비넥타이를 맨 턱시도 차림이고, 로봇보모는 분홍원피스를, 강아지는 하얀드레스를 입"고 있다. 사진의 메시지는 "내 가족의 범위는 딱 여기까지야"에 해당한다. 어느날 옆집 남자는 '나'에게 긴급 메시지를 보낸다. 강아지 쭈쭈를 돌보는 로봇보모인 보듬이가 쭈쭈를 움켜쥔 채 계속 경고 메시지를 전송하고 있었던 것이다. 보듬이의 오작동으로 인해 문제가 발생한 것이고, '나'는 옆집 남자의 지시대로 로봇보모의 전원을 끈 다음 재부팅을 한다.

옆집 남자의 삶 속에는 인간이라는 요소가 철저하게 배제되어 있는 것이다. '나'도 다를 것은 없어서, "온종일 같은 공간"에서 강아지 덤덤이와 머문다. 덤덤이를 데리고 독립한 이후 “나는 혈육으로 얽힌 인간 공동체에 대해 미련을 버렸다. 또한 사회적 관계망으로부터 떨어져 나왔다.”고 말할 정도로 인간사회로부터 스스로를 고립시킨 채 살고 있다. 그 결과 “사회적 대화의 기술이 퇴화하고 있”으며, 이렇게 살다보면 “대화의 기술뿐만 아니라 사람의 말을 점점 잃어버리게 될 지도 모르겠다.”는 우려를 하고 있다.

작품의 마지막은 ‘나’가 집에 들어오자 “언제 들어왔는지 덤덤이가 쭈쭈를…. 아니지. 쭈쭈가 덤덤이를 유혹”하는 것이다. 이 장면을 보며 ‘나’는 “머지않아 옆집남자의 집에는 또 다른 가족사진이 걸릴 것 같은 불길한 예감에 사로”잡히며, 그렇게 되면 “옆집남자와 나는 어떤 관계로 얽히는 거지?”라는 걱정을 한다. 김민효는 「옆집남자의 가족사진」에서 관계의 창출이 기껏해야 발정난 개에 의해서만 상상될 수 있는 미래사회를 그려내고 있는 것이다.

양동혁의 「살아 있는 남자」는 가까운 미래라고 할 수 있는 2030년이 배경인 작품이다. 혼자 사는 중년 K는 건강검진을 받고 죽었다는 진단을 받는다. 어떠한 인간과도 교류하지 않고 지내는 그를 향해 의사는 “사실 검사를 할 필요도 없어요. 당신 말고 또 누가 당신이 살아있다고 생각합니까. 사실, 죽어도 아무 상관없잖아요. 직업도 없고 결혼도 못 했고 가족도 없고 친구도 없고."라고 이야기 한다. 그는 라캉식으로 표현하자면 실재적 죽음을 당하지는 않았지만 상징적 죽음을 당한 존재인 것이다. 그렇기에 그는 온전한 인간이라기보다는 유령 내지는 좀비라고 할 수 있다. 그는 의사로부터 장례식장을 소개 받고, 간호사에게는 장기기증을 권유받는다. 놀란 마음으로 목사에게 달려가지만 전 재산을 기부하라는 말만 들을 뿐이다. 쫓아오는 목사를 피해 달아나다 트럭에 부딪치고, 쫓아온 목사는 놀란 트럭기사에게 "괜찮습니다. 놀라지 마세요. 이미 죽은 사람입니다. 오늘 사망진단서도 받았답니다."라고 말한다. 이 말을 듣고 트럭기사는 안도의 한숨을 내쉬며 "잠자코 관에서 잠이나 잘 것이지 왜 밖에 나와가지고……"라고 도리어 화를 낸다. 더욱 문제적인 것은 "이미 K 말고도 사망 판정을 받은 사람이 수없이 많았다."라는 말에서 알 수 있듯이, K가 처한 상황이 보편적인 일이라는 점이다. 그리고 2030년으로부터 수십 년이 지난 후에는, 모든 사람이 혼자 살고, 가족도 친구도 없이 다른 사람들과 관계 맺기를 거부하는 시대가 도래한다. 결국 "인류 모든 사람이 사망판정을 받"는 것으로 끝나는 「살아 있는 남자」는 우리 시대의 '홀로 살기'가 도달할 묵시록적 버전에 해당한다고 볼 수 있다.

윤신숙의 「밤의 아리아」도 환상적인 수법을 전면에 드러내고 있는 작품이다. 무연고자로 죽은 혼령들은 허공을 떠돌다가 모차르트의 마술피리 중 <밤의 아리아>에 맞춰 "이승에서 하지 못했던 신나는 일들"을 꼭 해보고 싶다고 하느님께 청원한다. 이 청원은 이루어지지만, 작품의 마지막에 이 혼령들은 "다시 인간 세상에 내려가 육체를 가진 유한한 삶을 또 선택할지, 육신의 쾌락과 고통의 이중주 없는 하느님의 영원한 품으로 오를 것인지"를 고민한다. 윤신숙은 마지막까지 지상과 천상 중의 어느 한쪽에 일방적인 가치를 부여하지는 않는 것이다.

4. 고독사의 사회·정치적 의미

김혁의 「어떤 고독사」, 배명희의 「해피 버스데이」, 최옥정의 「까스명수」는 사회학적 상상력이 개입된 미니픽션이라고 할 수 있다.

김혁의 「어떤 고독사」는 제목에도 드러난 고독사를 통해 '홀로 살기'라는 문제를 드러내지만, 동시에 김 노인의 삶을 통해 현대사의 그늘을 드러낸다. 김 노인은 과거에 국정원장까지 지낸 권력자였지만, 지금은 혼자 쓸쓸히 죽어가고 있다. 아내를 먼저 보냈으며, 믿었던 옛 부하에게서는 사기를 당해 재산을 몽땅 날렸고, 외국으로 이민 간 아이들과는 몇 년 째 소식이 끊겨 있는 것이다. “내가 수행한 그 많은 일들은 사실 국가의 명령을 받들어서 저지른 거지. 내 책임이 절대 아니야. 따지고 보면 나도 일종의 피해자야”라고 생각하지만, 잠못 드는 밤이면 지난 시절 자신이 저질렀던 일들이 생생하게 떠올라서 몹시 언짢아한다. 그는 자신이 무고한 사람들을 하루 아침에 무시무시한 간첩이나 반국가 사범으로 둔갑시켰다는 것을 인정하지만, “국가라는 대의를 위해서는 때로는 무고한 희생양도 필요한 법이라고 굳게 믿”기도 한다. 그러나 결국 그는 “왜 이리 마음이 허전하고 쓸쓸하고, 인생을 헛산 것처럼 후회가 밀려올까? 도대체 내가 뭘 잘못한 걸까?”라는 후회와 자책 속에서 죽는다.

배명희의 「해피 버스데이」는 밝은 느낌의 제목과는 달리 한국사회의 어두운 면모를 짧은 분량에 조목조목 담아낸 작품이다. 비정규직의 비인간적인 삶, 목숨까지 빼앗기는 철거민들의 처절한 삶, 가족으로부터 소외된 삶 등이 달빛에 젖은 몽환적인 분위기 속에 형상화되고 있다.

최옥정의 「까스명수」는 자신의 의지와는 무관하게 이 사회의 외톨이(타자)가 될 수밖에 없는 한 인간의 불우한 초상을 그려낸 작품이다. 일흔 살이 된 그는 지금 중병을 앓아서 "통증을 다스리는 일, 민폐를 가장 적게 끼치고 자신의 죽음을 마무리하는 일"을 매일 아침 되새기며 지낸다. 그가 두려워하는 것은 "집에서 혼자 죽어 시간이 많이 지난 뒤 시신이 발견"되는 것과 "밖에 나가서 돌아다니다 아무 데서나 쓰러져 숨을 거두는 것"으로서, 모두 쓸쓸한 죽음과 관련된다.

그는 나이가 들어서 외톨이(타자)가 된 것이 아니라 평생 동안 외톨이로 살았다. 그러나 이것은 그의 선택이라기보다는 그에게 주어진 사회적 숙명이라고 할 수 있다. 막노동을 하면 자주 일자리가 바뀌고 만나는 사람도 계속 바뀌기에 기본적으로 사람을 사귈 수가 없다. 더군다나 "술을 잘 마시지 못했고 말주변도 없어서 꿔다놓은 보리자루처럼 앉아 있는 그를 사람들은 불편해 했"다. 돈도 시간도 말주변도 없는 그가 여자를 만나서 결혼한다는 것도 무척이나 어려운 일이다. 보증금 천만 원에 월세 이십오만 원에 사는 그가 지금 가진 것이라고는 오백만 원 가량의 저축과 지갑 속의 십만 원 남짓한 현금이 전부이다.

그가 이 사회의 공통문법으로부터 벗어난 존재라는 사실은 시장에서 갑자기 쓰러진 여자를 대하는 순간 분명하게 드러난다. 그는 쓰러진 여자를 물끄러미 바라보다가 호주머니 속의 가스명수를 꺼내서 건네준다. 쓰러진 여자가 가스명수를 거부하자, 그는 더욱 강하게 가스명수를 그 여자에게 먹이려고 한다. 이 모습을 보고 주변 사람들은 "미친, 거지, 정신병자, 변태 같은 단어"를 열심히 내지른다. 결국 사람들은 그를 시장 한가운데로 끌어내고 따가운 욕설을 쏟아낸다. 그러나 이런 경험은 "그때도 그는 누군가를 도우려 했고 사람들은 그를 미쳤다고 했다. 그에게는 비슷한 일이 반복해서 일어난다."는 문장에서 알 수 있듯이, 그에게는 예삿일이다.

그에게 가스명수는 너무나 특별한 것이다. 어린 시절 아버지는 고아원에 그를 맡기며 "몸조심하고 잘 살고 있으면 아버지가 데리러 올게."라는 말과 함께 그의 주머니에 가스명수를 넣어줬던 것이다. 그에게 가스명수는 인생에서 받은 가장 소중한 선물이었기에, 중병에 걸린 지금도 그는 만병통치약처럼 가스명수를 복용한다. 그가 쓰러진 여자에게 가스명수를 권한 것은 호의로 가득 찬 진심어린 행동이었던 것이다. 평생 외톨이(타자)로 살아온 그는 죽는 순간에야 비로소 "여태껏 느껴보지 못한 평온함이 그의 몸을 둘러"싸는 느낌을 받는다. 사회적인 숙명으로 혼자 살 수밖에 없었던 존재에게는 죽음이 차라리 삶보다 더욱 행복했던 것이다.

5. 숙명으로서의 '홀로 살기', 숙명으로서의 '함께 살기'

이하언의 「더불어 홀로 살아내기」, 임재희의 「선셋증후군」, 김정묘의 「무반주 첼로 모음곡을 듣는 밤」, 안영실의 「뼈의 춤」은 인간 삶에 내재된 근원적 조건으로서의 '홀로 살기'를 보여주는 작품이다. 이하언의 「더불어 홀로 살아내기」가 핏줄이라는 관계 속에서도 허물 수 없는 개체의 벽을 이야기한다면, 임재희의 「선셋증후군」은 생명체 안에 내재화된 프로그램(본능)으로서의 외로움을, 김정묘의 「무반주 첼로 모음곡」과 안영실의 「뼈의 춤」은 인간의 가장 근원적인 욕동이라고 할 수 있는 죽음충동을 형상화하고 있다.

이하언의 「더불어 홀로 살아내기」는 '살아내기'라는 말에서 알 수 있듯이, 고통스럽지만 피할 수 없는 인간의 외로움에 대하여 이야기한다. 춘희의 남편과 제부는 어느 날 술을 마시며 이야기를 나눈다. 술자리가 끝난 후 집에 오자, 막내 여동생은 그 술자리와 관련된 여러 불만을 카톡으로 보낸다. 불만의 내용은 '왜 자기 남편에게 술을 강권했느냐'나 '왜 밥값을 떠넘겼느냐'와 같은 술자리에서 있었던 일들에 대한 것이다. 그냥 넘기자면 널길 수도 있고, 문제 삼자면 문제 삼을 수도 있는 평범한 이야기들이다. 동생이 보내던 카톡 메시지에 맞장구만 추던 춘희가 "술에 취해 그런 거잖아. 너무 뾰족하게 받을 건 없어."라고 한마디 하자, 동생은 "언니도 역시 팔이 안으로 굽는구나."라고 쏘아 붙인다. 팔은 안으로 굽는다고 할 때, 그 안은 보통 피붙이를 의미한다. 그런데 춘희는 사소한 술자리의 일들로 동생에게 '팔은 안으로 굽는다'는 핀잔을 들은 것이다. 그렇다면 이 세상에 춘희의 편은 어디에 존재하는 것일까? 춘희는 결국 자신을 향해 굽어주는 팔을 거울 속에서야 간신히 발견한다.

임재희의 「선셋증후군」에서 남자는 정신과에서 선셋증후군이라는 진단을 받는다. 선셋증후군의 증상은 해질 무렵이면 걷잡을 수 없이 가슴이 뛰고, 밤이면 불안하고, 낮에는 미친 듯이 잠에 취하고, 이유없이 눈가가 젖는 날이 많아지는 것이다. 다행스럽게도 남자는 선셋증후군과 비슷한 증상을 보이는 오리를 보며 자신의 고통을 극복할 힘을 얻는다. 남자는 "오리도 견디지 못하는 일몰의 시간이라는 생각이 들자 자신의 증세가 조금 자연스럽게 느껴져"던 것이다. 선셋 증후군은 결국 모든 생명 가진 것들이 경험하는 자연의 이치였다고 볼 수 있다. 이러한 깨달음을 통해 남자는 "발밑에 깔린 어둠을 세게 밟을 수 있"는 힘을 얻게 된다.

김정묘의 「무반주 첼로 모음곡을 듣는 밤」은 무반주 첼로 모음곡과 같은 의미 이전의 리듬과 분위기로 존재하는 소설이다. 그녀를 떠나보내고 '나'는 혼자가 되지만, 이것은 고통이나 괴로움과는 거리가 멀다. 오히려 혼자가 되는 일은 "밤이 지나고 아침이 오는 것처럼 일상이기도 하고 기적이기도 하다"라는 말에서 알 수 있듯이, 숙명인 동시에 하나의 매혹이기도 하다. 이러한 숙명으로서의 매혹은 "문득 중음세계를 넘어온 것 같은 느낌이 들었다"는 문장에서 드러나듯이, 죽음의 욕동에 이어질 정도로 치명적이다. 안영실의 「뼈의 춤」은 바로 그 소멸의 욕망을 생텍쥐페리의 삶과 죽음에서 발견하고 있는 작품이다. 「어린 왕자」의 작가인 생텍쥐페리가 하늘 위에 홀로 떠서 지상을 내려다보는 외로운 초상 속에는 죽음과 맞닿아 있는 홀로됨의 매혹이 아름답게 새겨져 있다.

이하언의 「더불어 홀로 살아내기」, 임재희의 「선셋증후군」, 김정묘의 「무반주 첼로 모음곡을 듣는 밤」, 안영실의 「뼈의 춤」이 인간 삶에 내재된 근원적 조건으로서의 '홀로 살기'를 보여주었다면, 심아진의 「친구에게 가는 길」과 한상준의 「틀린 옛말 없다더니」은 반대로 홀로됨의 불가능성을 이야기한다는 점에서 흥미롭다.

심아진의 「친구에게 가는 길」은 아주 오랜만에 우연히 만난 친구를 찾아가는 내용의 여로형 소설이다. 그 친구는 지리산 한복판에서 애견사업을 하며 살고 있다. 그러나 개성 강한 세 명의 친구들은 쉽게 지리산에 사는 친구를 찾지 못한다. 그러나 그 여로가 완전히 실패한 것은 아니다. 그 여로를 통해 '나'는 "내게는 곧 완전히 충전되어 활기차게 나를 끌어줄 다른 친구들이 있었다. 나는 곤히 잠든 세 친구의 얼굴을 오래 바라보았다."라는 문장처럼, 자기 주위에 오래전부터 존재하고 있는 친구들을 발견했기 때문이다. 친구는 지리산까지 가서 찾는 존재가 아니라, 바로 옆에서 발견해야 하는 존재였던 것이다.

한상준의 「틀린 옛말 없다더니」는 결국 타인과의 관계 속에 놓여질 수밖에 없는 인간의 숙명을 다루고 있는 소설이다. 주인공은 소음에 진저리를 치는 인물이다. 처음 아파트에 살 때는 대형 화물트럭의 엔진소리 때문에 고생을 한다. 힘들게 그 집을 팔고 이사 간 아파트에서는 층간소음 때문에 애를 먹는다. 이후 소음을 떠나 산속까지 가게 되지만, 노래방에서 들려오는 온갖 소음으로 다시 골머리를 앓게 된다. "고양이 피하려다 호랑이 만나고, 가랑비 피하려다 소낙비 만났다는 옛말"을 그대로 경험하게 된 것이다. 결국 인간은 타인들이 만들어내는 소음에서 벗어날 수 없는 사회적 동물이라고 볼 수 있다.

6. '홀로 살기'의 여러 가지 양상과 의미들

이상으로 부부관계에서 발생하는 '홀로 살기', 현재를 비춰보는 가상의 시공에서 형상화된 '홀로 살기', 사회·정치적 의미망을 거느린 '홀로 살기', 근원적 존재조건으로서의 '홀로 살기' 등을 살펴보았다. 그러나 김의규의 「행복 아파트」에 등장하는 행복아파트가 독신자 아파트로 불릴 정도로 독신자들만 가득한 세상에서, 위의 몇 가지 분류만으로 오늘날의 '홀로 살기'를 모두 드러낼 수는 없을 것이다. 이를 반영하듯, 『미니픽션 10집』에는 위의 분류에 속하지는 않지만, '홀로 살기'가 지닌 중요한 의미를 보여주는 작품들이 있다. 임나라의 「그녀와 그녀를 만나다」, 이진훈의 「기쁜 나의 저승길」, 정성환의 「이상형을 찾아서」가 그것이다.

임나라의 「그녀와 그녀를 만나다」는 '홀로 살기'가 삶에서 가질 수 있는 긍정적인 측면을 부각시킨 작품이다. 임나라의 「그녀와 그녀를 만나다」는 고독을 화자로 내세운 특이한 서술시점을 지니고 있다. 그녀는 식당에서 열무국수를 혼자 시켜 먹으며 종업원들로부터 구박을 당한다. 그런 그녀는 문중 비문 쓰는 일로 인해 알게 된 윤지당이라는 조선의 여류 성리학자를 통해 새로운 힘을 얻는다. 윤지당은 결혼한 지 8년만에 남편을 잃고, 이후 자신이 낳은 아이와 양자로 얻은 아들마저 모두 잃어버린 비운의 여인이다. 그럼에도 윤지당은 그러한 비극과 불행을 오히려 성품을 닦고 학문에 몰두하는 계기로 삼아 나름의 성취를 이룬다. 21세기의 '그녀'는 조선시대의 '그녀'를 만남으로써 결국 현실적 불우와 외로움을 극복할 수 있는 힘을 얻는 것이다.

이진훈의 「기쁜 나의 저승길」은 성실과 노력을 강조하는 따뜻하고 훈훈한 휴먼드라마이다. 두 명의 일식요리사가 등장한다. 한 명은 전직이고 한 명은 현직이다. 전직은 옛날 북창동 칼잽이로 이름을 떨쳤던 김복만 노인으로서 현재는 가족들로부터도 버림받고 혼자 힘겹게 살아가고 있다. 그도 떵떵거리던 젊은 시절이 있었지만 오만함과 게으름으로 모든 것을 잃어버린 채 "지하방에서 혼자 죽어 썩어문드러지는 것이 아닌가"를 가장 두려워하며 조금씩 죽어간다. 이에 반해 현직 요리사는 열네 살에 식당에 들어와 열심히 노력한 결과 기부한 액수가 수십억 원이 넘을 정도로 성공한 삶을 살고 있다. 지금은 식당을 운영해서 얻는 이익을 모두 이웃돕기에 쓸 정도로 도덕적으로도 훌륭하다. 둘의 삶이 이렇게 확연하게 갈라진 이유는 "나는 젊어 흥청망청하다가 늙어 혼자되고, 정 사장 자네는 젊은 혼자 이 식당에 갇혀 일벌레로 살다가 많은 이웃을 얻었구만"

이라는 문장 속에 압축되어 있다. 김복만 노인은 현재 독거노인 도시락 배달 일을 하고 있는데, 그는 일을 하며 “정말 어려운 늙은이들”을 수없이 목격하고, 외롭게 죽어간 주검만도 둘이나 발견한다. 우리 사회가 두 명의 요리사 중에서 김복만 노인 쪽에 많이 가까워지고 있음을 보여주는 것이라고 할 수 있다.

정성환의 「이상형을 찾아서」는 제목 그대로 한 남자가 이상형을 찾아 분투한 이야기이다. K는 직장생활도 잘 하고 지인들과의 교우관계도 원활하고 음악, 미술, 연극 영화 등 모든 것에 소질이 있다. 그가 평생 독신인 이유는 여자에게 까다로운 조건을 요구하기 때문이라고 언급된다. 그러나 A라는 여성과는 정치의식이 너무 없다는 이유로 헤어지고, B라는 여성과는 정치의식이 너무 강하다는 이유로 헤어진 것에서 알 수 있듯이, 조건 자체는 별다른 의미가 없다. K가 독신인 진짜 이유는 그가 지독한 나르시스트이기 때문이다. 나르시스트의 주위에는 오직 자아만이 가득하기 때문에, 타인이 들어설 여지가 없는 것이다. 이러한 나르시스트로서의 특징은 K가 타인의 시선을 신경 쓰지 않는 모습에서도 확인할 수 있다. K는 자신이 결혼을 못한 것에 대해서 절대 주눅이 들지 않으며, 본인을 독신이라는 이유로 성인들의 반열에 올려놓기도 한다. 우리 사회에 '홀로 살기'가 보편화되는 한 가지 이유를 드러내는 작품이라고 할 수 있다.

과거에도 '홀로 살기'가 아예 없었던 것은 아니다. 이전에 '홀로 살기'는 주로 종교적 수행의 측면에서 논의되고 사유되었다. 인간들 사이에 처하면서 잃어버리기 쉬운 영혼의 본질을 탐구하는 성직자들의 고유한 존재방식은 '홀로 살기'와 밀접하게 연결되었던 것이다. 성직자들의 '홀로 살기'는 신이나 참된 자기와의 만남과 연결되는 특급 통로라고 할 수 있다. 흥미롭게도 『미니픽션 10집』에 수록된 19편의 작품에서는 종교적 차원의 '홀로 살기'에 대한 논의는 찾아보기 어렵다. 이것은 현대 사회에서의 독거(獨居)가 지니는 의미가 그만큼 변모했음을 증명하는 것이라고 볼 수 있다.

『미니픽션 10집』은 참으로 풍성한 미니픽션의 잔치이다. 기존의 소설이 수행해 온 문학적 기능 중에서 미니픽션이 감당할 수 없는 것은 거의 없다고 해도 과언이 아님을 『미니픽션 10집』은 실증해주고 있다. 한 가지 우려되는 것은 몇몇 작품이 수필과의 변별점을 잃어버리고 있다는 점이다. 미니픽션 역시 픽션이라는 점에 대한 분명한 자의식이 갖춰졌을 때, 미학적으로나 윤리적으로나 정치적으로 의미 있는 미니픽션의 창작이 가능할 것이다.

추천사

미니픽션
신인작가를
추천하며

미니픽션 신인작가를 추천하며

2004년 한국미니픽션작가회가 창립된 이래 『거짓말 삽니다』(2016)를 포함하여 모두 9권의 미니픽션집을 발간했다. 초창기에는 작가마다 자유로운 소재와 주제로 된 글을 묶다가 몇 해 전부터는 하나의 대주제를 설정하여 모든 참여작가가 그 대주제에 맞게 작품을 써서 묶었다. '길', '술', '닭', '거짓말' 등이 그것이었는데 제10집은 '홀로살기'로 했다. 작가라면 모름지기 자신들이 살아가는 시대를 제대로 읽어야 한다는 책임감과 시의성을 염두에 둔 선택이었다.

제9집부터는 신인작가 추천제도를 도입하여 미니픽션 창작에 뜻을 둔 분들을 모시고 미니픽션에 대해 함께 연구하고 창작하고 합평 기회를 가졌다. 몇 차례 세미나도 개최하여 미니픽션의 정체성과 독자성도 함께 모색해 보았다. 그 결과 2차 추천을 받아 추천이 완료되는 이성우, 이현신, 정혜영 작가, 올해 처음 추천을 받는 김채옥, 노길용, 이청수, 조데레사 작가의 작품도 함께 싣는다.

이 일곱 작가가 추천되기까지 멘토 작가들의 숨은 노고가 있었음을 밝히며, 그분들의 노고에 감사를 표한다. 아울러 수년간 미니픽션에 대한 열정으로 함께 미니픽션을 연구하고 작품을 써 온 신인작가들에게도 축하의 말씀과 보다 발전된 내일을 기약하는 격려를 보낸다.

심사의 공정성을 위해 두 분의 소설가와 두 분의 문학평론가를 모셨다. 네 분 모두 미니픽션에 대해 오랜 기간 관심과 남다른 애정을 가진 분들이시다. 특히 서울대 박병규 교수님께서는 일찍이 미니픽션이 발달한 남미문학을 우리나라에 소개한 공로가 크신 분이시다.

네 분의 심사위원 중 두 분 이상의 추천을 받은 작가들을 추천작가로 인정하기로 하여 추천완료 작가 세 분, 1차 추천 작가 네 분이 결정되었다. 추천된 모든 작가가 미니픽션의 발전과 저변확대를 위해 더욱 정진해 줄 것을 기대하며, 네 분의 심사평을 아래에 싣는다.

한국미니픽션작가회 회장 이진훈

심사평

모두 알고 있듯 미니픽션은 소설 장르이고 소설은 단순한 이야기가 아닙니다. 이야기가 그 작가만의 정신과 혼으로 창작되어야 비로소 소설작품, 미니픽션 작품이 됩니다. 그리고 미니픽션은 허구성이라는 필수 조건을 갖추어야 합니다. 허구성이 미니픽션의 정체성이며, 독자성입니다. 이 점이 미니픽션이 수필이 되어서도 안 되며, 전기나 회고록이 되어서도 안 되는 이유입니다. 아울러 이야기(story)와 구성(plot)을 구별해야 하는 것도 중요한 요소입니다.

또한 미니픽션은 군더더기 없는 이야기의 명료성, 다시 말해서 단숨에 읽었을 때 독자의 머릿속에 '이것이다'라는 관념을 형성해야 하는데, 불명료한 작품들이 있어 아쉬웠습니다. 아마도 제시한 주제에 대한 숙고의 시간이 부족한 탓일 것이라 생각합니다. 문학적 기예나 문학성은 그 다음이라는 기준에 따라 평가하였습니다.

위에서 언급한 미니픽션의 요건들을 고려하여 심사하였음을 밝혀둡니다. 앞으로 작품활동을 할 때 이런 점을 꼭 명심하시기 바랍니다.

이성우의 「기억의 저편」은 고유한 개성이 느껴지는 글입니다. 재미있는 작품이 될 가능성이 엿보입니다. 그러나 독자에게는 결코 해소될 수 없는 궁금증을 유발하는 작품이라 독자와의 소통으로 이어지기 위해서는 좀 더 차분하고 성실한 소설 작법에 대한 고민이 필요해 보입니다.

이현신의 「너와 나」는 인생과 문학의 영원한 주제인 남녀 간의 만남과 헤어짐을 여러 가지 문학적 매개물을 통하여 형상화한 작품입니다. 섬세한 감성의 흐름을 포착해 내려는 노력이 돋보이는 작품입니다. 그런데 필연성이 부족하고, 몇 군데 서술은 작품에 녹아들지 못하고 마치 신발 속에 들어간 작은 돌멩이처럼 불편한 부분이 있고 대화가 상투적이고 긴장감이 없어서 아쉽습니다. 소재에 대한 객관화에 대해서도 깊이 생각할 필요가 있습니다.

정혜영의 「나의 독립기념일」은 일정 시기가 되면 반드시 이루어져야 하는 모녀간의 분리를 독립기념일이라는 간명한 이미지 속에서 산뜻하게 그려낸 작품입니다. 미니픽션으로서 갖춰야 할 긴장감과 압축미가 돋보이는 작품입니다. 구성, 전개, 문장 또한 훌륭합니다.

다만 '종속' 대 '독립'이 아니라 '관계' 대 '독립'을 대립항으로 설정한 까닭에 미묘한 불협화음이 작품의 명료성을 부단히 침식하고 있으며, 마지막 독립 선언은 마치 고립 선언처럼 읽혀 무척이나 안타깝습니다.

김채옥의 「홀로라는 이름」은 제목처럼 홀로 남은 노부인의 일상을 가슴 아프게 적어나간 글입니다. 부재는 가장 절절한 현존이라는 프루스트의 말을 체현한 작품으로 읽었습니다. 짠한 진정성이 가슴을 울리는 좋은 글이지만, 픽션으로서의 허구적 상상력이 좀처럼 느껴지지 않습니다. 소설에 대한 고민이 좀 더 필요한 작품입니다.

노길용의 「어제의 밤은 누가 돌보았나」는 감동이 있는 글입니다. 적절한 비유와 상징을 섞어가면서 일상을 살아가는 사람들의 삶이 얼마나 피곤하면서도 그 안에 보석 같은 따뜻함을 감추고 있는지를 울림 있게 형상화하였고, '하루'라는 추상적이고 비가시적인 대상을 형상화시켜 현대인의 쳇바퀴 일상을 적절하게 묘사해내는 데 성공하였습니다.

주의할 점으로 회화에서는 비구상이 매우 탁월한 예술성을 지니지만 소설, 특히 미니픽션에서 형이상학적인 내용을 수용하려면 사실적인 소재보다 몇 배의 노력이 필요하다는 것입니다. 실험정신은 돋보이나 필연성이 부족하고, 소재에 대한 객관화도 필요합니다.

이청수의 「9회말」은 매우 참신한 소재로 우리 인생을 한 단면을 예리하게 드러내고 있습니다. 미니픽션이 갖춰야 할 압축미를 갖추고 있으며, 이를 통해 드러내고 있는 인생의 진실도 매우 밀도 있는 작품입니다. 또한 누구나 아는 소재를 무난하게 이끌어가서 읽는 즐거움이 있습니다. 다만 이런 이야기는 매조지가 핵심인데, 마지막 문장이 독자의 기대에 부응하지 못하고 '폭투'로 끝나서 매우 안타깝습니다. 이유는 이세돌의 대국은 개인전이었고, 야구는 단체전이기 때문입니다. 야구에 대한 전문적 지식을 과다하게 활용한 반면 주제인 '혼자살기'에 대한 연결이 미흡한 점도 작가는 염두에 두어야 할 것입니다.

조데레사의 「새벽 6시」는 호두껍데기 속에 웅크리고 들어앉은 젊은이의 일상을 다소 투박하게 형상화하였지만 혼자 사는 사람이 비상한 일에서 범상한 일로 되어가는 우리 사회의 한 단면을 날카롭게 드러낸 작품입니다. 에피소드의 참신함과 평범한 일상을 다루는 날렵한 필치가 인상적입니다.

심사위원

노순자 · 소설가
구자명 · 소설가
박병규 · 문학평론가, 서울대 교수
이경재 · 문학평론가, 숭실대 교수

2회 추천작

기억 저편의 낙원

이성우

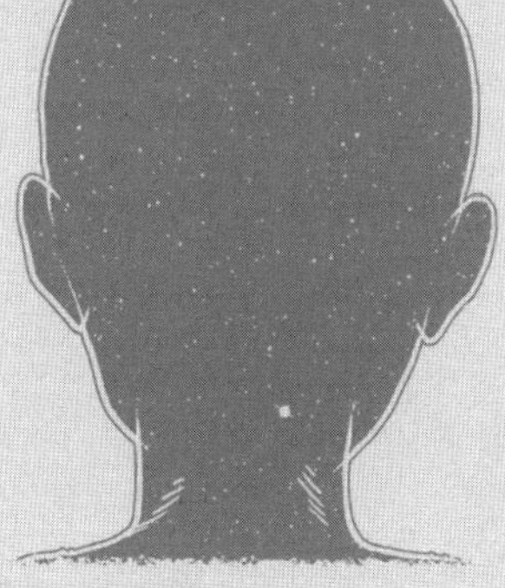

이성우

대학에서 임상심리학과 명리학을 공부했다.
철학동화를 쓰고 있으며, 동화책으로 『선글라스를 낀 개구리』가 있다.

기억 저편의 낙원

나마두가 나마성을 처음 마주한 것은 10년 전 어느 봄날, 산상 집회에서였다. 당시 나마두는 진리의 사도로 불리며 병들고 가난한 자들의 고통을 어루만지는 성자로 숭배의 대상이었다. 집회를 여는 곳마다 설탕물에 개미가 꾀이듯, 물고기들이 그늘 아래 무리를 짓듯, 사람들은 나마두의 품으로 모여들었다. 나마성도 그들 중 하나였다. 아내와 사별하고 자식들마저 앞세워 보낸 참담하고 무의미한 일상. 나마두의 집회는 나마성에게 하나의 탈출구가 되어주었다.

아지랑이가 신기루처럼 피어오르던 그날, 나마두는 하얗게 눈부신 성의를 입고 흐드러진 벚꽃 아래에 서있었다. 집회가 무르익자 사람들은 하나 둘 나마두의 발아래 꽃을 바치기 시작했다. 나마성도 차례가 되자 꽃을 바치며 나마두의 발에 입을 맞추고는 그를 올려다보았다. 무심히 나마성의 얼굴을 응시하던 나마두의 눈빛이 순간적으로 강하게 흔들렸다. 사람들은 언뜻 알아채지 못했지만 나마성의 얼굴이 수염을 기르기 전 초췌해 보였던 자신의 모습과 너무나 닮아 있었던 것이다.

산상집회 이후 나마두가 나마성을 따로 불러 관심을 기울이자 그는 오래지 않아 나마두의 열렬한 지지자가 되었다. 나마두에게 가난한 자는 가난한 대로 부유한 자는 부유한 대로 다 쓰임이 있었다. 가난한 자는 몸을 쓰게 하고 천국의 희망으로 그들의 허욕을 채워주었다. 부유한자에게서는 그들의 돈을 취하고 말씀으로 죄를 덮어주었다. 하지만 모든 쓰임새 있는 자들 가운데 열혈성도 나마성이야 말로 진정 보물같은 존재였다. 오직 나마두를 빼 닮은 나마성만이 할 수 있는 일이 있기 때문이었다. 하지만 신중을 기한 나머지 나마두는 나마성을 2년 넘게 지켜본 후에야 비로소 은밀한 제안을 했다.

"이 보게 나선생 자네도 알다시피 내가 좀 바쁜가? 사업도 챙겨야하고 집회도 이끌어야하고 몸이 두 개라도 모자랄 판이란 말이지…"

"제가 왜 모르겠습니까! 사도님께서 항상 이래저래 노심초사 하시는 것을요."

"그래서 말인데… 자네 그림자 무사라고 들어봤나?"

“예? 옛날 일본에 있었다던, 영화를 본 적은 있습니다만”

“그래? 그럼 굳이 설명을 할 필요는 없겠구먼. 내 단도직입적으로 말하지. 자네 내 그림자무사 돼주지 않겠나?”

“예? 제가 감히 어떻게… 사도님의 그림자를 밟는 것조차 죄송한 일인데… 그리고 어디 닮은 구석이 있어야 하지 않겠습니까?”

“음… 이 사진을 보게 자네 얼굴에 수염만 붙인 거야! 뭐 사실 자네도 눈치채고 있었겠지만 똑같지 않은가! 그리고 자네한테도 좋은 일이 될게야. 이렇게 하지. 자네는 내 그림자무사가 되고 나는 자네 그림자무사가 되는 거야. 내가 가진 걸 자네도 좀 누리고 자네의 소소한 삶을 나도 즐기고 이러면 서로 좋지 않겠나?”

“아… 사도님의 뜻을 제가 어찌 거스를 수 있겠습니까. 뜻대로 따르겠습니다.”

몇 달간 수염을 기르자 나마성의 얼굴은 흡사 쌍둥이처럼 나마두와 닮아 있었다. 완벽을 기하기 위해 소소하게 차이가 나는 부분은 성형을 했다. 심지어 생니를 뽑아 의치를 해 넣기까지 했다. 시간이 가면서 서로의 삶이 뒤섞이게 되자 나마두나 나마성으로 구분하는 것이 점점 의미가 없어지고 마치 한 몸처럼 인식되기에 이르렀다. 그래서 한번은 같은 날 동시에 두 곳에서 나마두가 집회를 이끈 적도 있었다. 서로에게는 아찔한 일이었지만 눈먼 사람들에게는 기적으로 인식되어 나마두의 명성이 더욱 높아지는 계기가 되었다. 성도들이 양떼처럼 모여들자 나마두와 나마성의 제단에는 돈과 존경과 부가 넘쳐났다. 그들은 마침내 지상에 낙원을 이루었고 그 낙원에서의 삶이 영원히 지속될 것만 같았다.

그러나 화려한 세월을 보내던 꿈같은 봄날에 끔찍한 사고가 터질 줄 누가 알았겠는가! 배가 침몰하고 수많은 어린 생명이 상하는 일이 일어난 다음에야 나마두도 빠져나갈 길이 없음을 직감했다. 기실 교단에서 운영하는 모든 사업은 나마두와 연결되어 있었다. 예전에도 사고는 있었지만 방송이나 신문을 잘 막으면 조금의 희생으로 일을 수습할 수 있었다. 하지만 이제는 미친 듯이 번져나가는 SNS를 막을 방법이 없었다. 벌써 많은 사람들이 사고의 원흉으로 나마두를 지목하고 있었다. 사고가 나고 수사망이 점점 나마두의 숨통을 조여오던 그 때 나마성이 나마두를 찾아왔다. 그림자 노릇은 오늘로 끝이라며, 진리의 사도, 성자라는 가면을 자신이 벗기고 말겠노라 선언하고 돌아갔다. 나마두는 나마성의 태도에 배신감을 느꼈으나 내심 홀가분하기도 했다.

"사람 참! 성미도 급하네… 여태 자기가 더 미쳐 있었으면서, 안 된 일이지만 마지막까지 나를 대신하게 하는 것도…"

나마두의 독백을 끝으로 그들은 다시 나마두와 나마성으로 분리되었다. 두 사람이 분리되자마자 나마성의 모든 행적이 나마두의 것으로 뒤바뀌어 언론과 SNS를 통해 흘러나왔다. 수많은 세월을 공들여 만든 낙원이 무너지고 나마성은 나마두 대신 도망자로 쫓기다 비참한 죽음을 맞았다. 나마성의 뜻과 달리 일이 그렇게 될 수밖에 없었던 것은 심지어 나마성의 지문까지 나마두의 것으로 바뀌어 있었기 때문이었다. 나마성이 아무리 나마두가 아니라고 한들 때는 이미 늦어 있었다. 얄팍한 쾌락에 자신을 내맞긴 대가는 결국 죽음이었다.

나마성의 죽음은 나마두의 죽음으로 둔갑되어 한 동안 뉴스의 매인을 장식하기도 했었다. 사람들 사이에서는 엉뚱한 사람이 죽고 사고의 원흉인 교주는 멀쩡히 살아 호의호식의 나날을 보내고 있다는 음모론이 나돌았다. 하지만 그것은 반은 맞고 반은 틀린 것이었다. 아무도 나마두를 쫓지 않았지만 무엇 때문인지 그의 마음은 항상 불안했다.

어찌되었건 나마두는 살아남았다. 낙원은 기억저편으로 사라졌지만 나마두는 자신이 살아있다는 것에 만족했다. 나마두는 전생에도 그 전전생에도 언제나 자신이 살아남는 쪽을 선택해왔음을 어렴풋이 느꼈다. 배신자가 되든 변절자가 되든 그는 항상 살아남고 싶었다. 그리고 살아남으려면 미리 대비책을 마련해 두어야 한다는 것을 누구보다 잘 알고 있었다. 이번 일만 해도 수년에 걸쳐 차근차근 대책을 세워두었기에 비록 숨어서라도 살아남을 수 있었던 것이다. 한 가지 아쉬운 게 있다면 예전처럼 사람들 앞에 설 수가 없다는 것이었다. 신도들에게 갈 수도 아들이나 딸을 만날 수도 없는 처지가 되고만 것이다. 그도 그럴 것이 살아남은 이름은 나마두가 아닌 나마성이기 때문이었다.

홀로 숨어 지내는 세월이 쌓일수록 나마두는 부쩍 기운이 없어지고 총기를 잃어 감을 느꼈다. 나마성이 죽은 시점부터 시작된 악몽으로 밤과 낮을 바꿔 생활한 탓도 있으리라. 꿈에서 나마두는 수많은 손들에 붙잡혀 바닥이 보이지 않는 검은 물속으로 끝없이 빨려 들어가고 있었다. 그리고 어느 순간 자신을 꼭 닮은 아니, 자신일지도 모르는 사내의 검은 손이 목을 조르고 죽음보다 더한 질식의 고통을 느꼈다.

악몽의 여운에서 벗어나려고 기도에도 매달려 보았지만 아무 소용이 없었다. 한 때 모든 것을 가능케 했던 그의 기도는 이제 늙은 노인의 넋두리처럼 허무하게 흩어질 뿐이었다.

되풀이 되는 악몽과 사람들을 피하기 위해 나마두는 밤을 걷는 노인으로 살기 시작했다. 밤을 걷는 시간이야말로 나마두에게는 하루 중 유일하게 자유로운 시간이었다. 낮 동안 폐부 깊숙이 쌓인 먼지를 털어내고 간간이 사람의 냄새를 맡을 수 있기 때문이었다. 오랜 시간 반복된 행위는 이제 습관을 넘어 전생부터 이어진 관습처럼 약간의 엄숙함마저 지니게 되었다.

나마두는 산책을 나서기 전 먼저 옷소매를 세 번씩 털고 운동화 끈을 반듯하게 고쳐 맸다. 그런 다음 뒤돌아 집안 상태를 확인하고서야 집을 나섰다. 산책에서 돌아온 후 집안의 모든 것이 제

자리에 있어야 안심이 되기 때문이었다. 하지만 요즘 들어 집안의 물건들이 자꾸만 없어지는 것 같이 부쩍 신경이 쓰였다. 그리고 누가 새로 이사를 왔는지 아랫집과 윗집에서 밤낮없이 아이들이 웃고 떠드는 소리가 들렸다. 항의 전화를 해 보았지만 어느 집에도 아이가 없다고 했다. 점차 낮에도 잠을 이루기가 힘들어졌다. 불면이 지속되자 머릿속이 점점 안개로 뒤덮이는 것 같았다. 불현듯 나마두의 뇌리에 치매라는 단어가 떠올랐다. 다리에 힘이 풀리고 눈앞아 어른거렸다.

산책을 하는 내내 나마두는 어제의 일과를 곰곰이 생각해 보았다. 무엇을 먹었는지 TV에서 어떤 프로그램을 봤는지 도무지 기억이 나지 않았다. 걷고 있는 길도 왠지 낯설어 보였다. 길게 늘어선 메타세콰이어의 그림자들이 이유 없이 자꾸만 흔들렸다. 쌀쌀해진 날씨 탓인지 공원은 여느 때와 달리 너무나 조용하고 군데군데 가로등도 죽어있었다. 나마두는 산책을 빨리 끝내고 싶다는 생각이 들었다.

나마두는 걸음을 재촉했다. 척 척 척, 흐흐~ 하하~ 호호~ 갑자기 컴컴한 어둠속에서 야릇한 아이들의 웃음소리가 들려왔다. 순간 나마두는 몸이 얼어붙고 모공 하나하나가 바늘에 찔리는 것 같은 통증을 느꼈다. 온 신경이 귀로 집중되었다. 식은땀이 등줄기를 더욱 서늘하게 만들었다. 나마두는 떨리는 걸음을 겨우 수습하여 황급히 공원을 벗어났다. 도로 옆의 인도로 내려서자 웃음소리는 더 이상 들리지 않았다.

경황없이 집으로 돌아온 나마두는 조금 전의 일을 생각하니 자진의 한심함에 피식 웃음이 나왔다.

"내가 왜 나마두인가 말이야. 하나님의 사도가 아닌가! 100만의 신도를 이끌었던 이 몸이… 허~ 하나님 아버지 저의 지은 죄를 사하시고 다만 악으로부터 구하소서!"

습관처럼 기도를 해보지만 아무 느낌이 없었다. 나마두는 심한 피로를 느꼈으나 눈을 부릅떴다. 악몽을 피해 밤을 지새우고서야 겨우 침대에 몸을 뉘었다. 그러나 어디서 들려오는지 아이들의 웃음소리가 귓전에 와글거려 잠을 이루기 어려웠다. 몸에서는 악취가 나는 것 같았다. 나마두는 오랜만에 목욕이라도 할 요량으로 욕조에 물을 받기 시작했다. 컵라면으로 점심을 허겁지겁 때우고 소파에 우두커니 앉아 있으려니 졸음이 쏟아졌다. 얼마나 잠들어 있었을까. 문득 잠을 깨보니 칠흑같이 어두운데 사방이 온통 물이다. 아니 나마두의 눈에는 바다로 보였다. 검은 바다에서 노란리본을 단 손들이 무수히 뻗어 나와 나마두의 옷깃을 잡아당겼다. 파랗게 질린 나마두는 바다를 표류하고 있는 쪽배에 간신히 올라 갑판에 몸을 말아 웅크렸다. 그밤, 으흐~흑, 으으~윽, 울음인지 웃음인지 모를 나마두의 공포만이 침몰해 버린 낙원 위의 검은 바다를 떠돌았다.

2회 추천작

너와 나

이현신

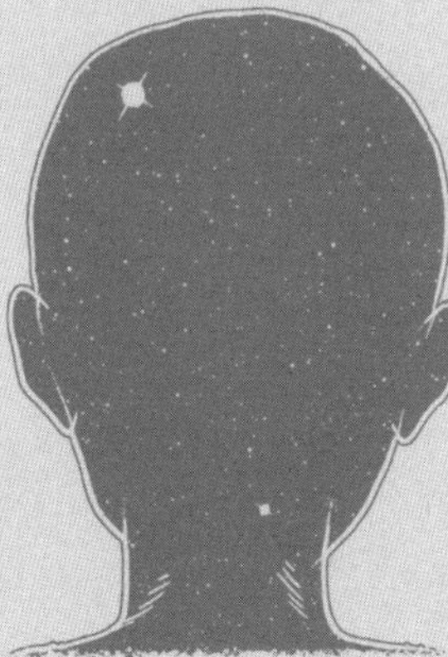

이현신

건강심리전문가.

한국미니픽션작가회 회원. 번역서 『모래알갱이가 있는 풍경』이 있다.

너와 나

띠라린따라리라리라라~ 한 시간에 한번 씩 들려오는 저 소리. 내 방의 벽시계는 나와 함께 잠들었다가 여명과 함께 노래하기 시작한다. 오르골 소리 같은 저 가락을 벌써 몇 번째 듣고 있다.

어둠이 내리면 노래하지 않는 타원형 벽시계는 가장자리가 마호가니 빛이다. 시침과 분침이 있는 자판은 아래쪽에 자리를 잡았다. 위에는 날개 달린 말이 끄는 마차와 황금 궁전이 있다. 마차는 궁전을 향해 쉬지 않고 달리고, 마차의 양 끝에 매달린 어릿광대와 병정은 9와 3을 친구 삼아 몸을 흔든다.

네가 나에게 벽시계를 선물하겠다고 했을 때 나는 뻐꾸기시계를 사 달라고 했다. 아이들이 놀고 있는 이층집 지붕에서 매 시간

튀어나오는 앙증맞은 뻐꾸기가 마음에 들었다. 너는 무슨 도깨비 같은 것을 사려고 하느냐면서 눈을 동그랗게 떴다. 뻐꾹뻐꾹 하고 울면서 열두 번이나 튀어 나오면 깊은 잠에 빠질 수가 있겠느냐며…….

너는 아무 장식도 없고, 노래하지도 않는, 시침과 분침만 있는 둥근 벽시계를 사라고 했다. 나는 부엉이 두 마리가 마주 보고 있는 하얀색 벽시계를 두 번째로 골랐다.

"형태는 기능을 따르는 거야!"

네가 웃으며 말했다. 하프 소리처럼 영롱하게 울리는 웃음소리였다.

나는 기능이 형태를 따라야 한다고 우겼다. 나의 숙면을 위해 네가 고른 시계는 어둠 속에서는 울리지 않는 시계였다. 창으로 들어온 햇살을 받아 황금빛 궁전이 반짝인다. 마차에 오르면 날개 달린 말이 나를 네게 데려다 줄 것만 같다.

그날 너도 시계를 샀다. 값비싼 손목시계를 벗고 동그란 나침반이 붙어 있는 검은색 전자시계를 찼다. 방향을 잃지 않으려면 나침반이 필요하다는 네 말에 이번에는 내가 크게 웃었다.

눈 덮인 들판 같은 하얀 벽면 위에서 시계가 나를 내려다보고 있다. 사르락 사르락 마차를 굴리면서. 손을 뻗어 천천히 자판 위의 유리를 만져본다. 부드러운 먼지가 손가락에 밀린다. 둥글게 원을 그리며 문지르다 가만히 자판을 들여다본다. 숫자들 속에 네가 있다. 금테 안경 속에서 반짝이는 갈색 눈동자, 웃을 때 드러나는 가지런한 치아, 흰색 와이셔츠와 줄무늬 넥타이.

너는 단지 시계 속에서만 존재한다. 네가 머무는 그곳에도 시간이 있을까? 거기서도 너는 시간을 재며 살고 있을까? 약속시간에 조금만 늦어도 너는 시계를 보며,

"미안해, 삼 분 늦었어."

라고 분 단위까지 세어 말하고는 했다.

그럴 때면 미안하다는 말은 사라지고 3이라는 숫자만 남았다. 너는 그 작은 손목시계조차 가지고 갈 수 없었다. 너는 지금 일 분, 이 분을 어떻게 헤아리며, 동서남북은 어떻게 구별할까?

누구와 한 약속이든 철저하게 지키려고 했던 너였다. 그러나 나와 우리는 너와의 약속을 지키지 않았다. 언제까지나 너를 그 자리에 세워두었고, 그리고 잊었다. 너의 기다림을 당연하다 여기며 너의 눈 속 깊은 곳을 들여다보지 않았다.

안녕이라는 한 마디 말도 남기지 않고 홀연히 너는 떠나갔다. 어둠 속에서는 노래하지 않는 시계만 남겨 둔 채.

떠나기 얼마 전에 네가 물었다.

"절대 고독이라는 말 알아?"

"글쎄? 고독은 인간만이 누리는 특권이라던데? 절대 고독, 멋

진 말이네."

너의 마음을 살피려 하지도 않고 나는 무심하게 대답했다.

너를 보내던 날. 너의 절망을 이해하지 못했다는 것을 알았다. 너에 대해 아는 것이 별로 없었다. 네가 얼마나 따뜻한 사람이었는지. 얼마나 사랑이 많은 사람이었는지. 치열했던 너의 삶을 기억하는 사람은 또 얼마나 될까?

다시 한 번 내게 물어준다면 대답 대신 너를 꼭 안아줄 텐데. 네 가슴 속 메마른 들판을 보지 못했던 나는, 홀로 남아서 너를 그리워한다. 그리움은 폭풍우처럼 몰아치지만 너와 나 사이가 너무 멀어서 다시는 너를 볼 수가 없구나.

2회 추천작

파리발 나의 독립일

정혜영

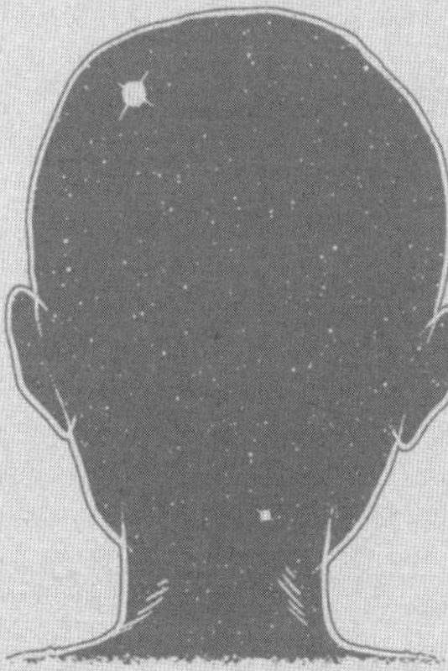

정혜영

인테리어 및 건축 잡지 기자를 거쳐 편집장과 발행인을 지냈다.
현재 중학교 국어교사로 재직 중이다.

파리발 나의 독립일

헤드라인으로 올릴 기사가 마땅치 않아 고민하던 중이었다. 주요 외신들이 일제히 파리 발 테러 사건을 송신하기 시작했다. '파리 지하철 대 테러.' 아침 뉴스 시간까지 기다릴 여유가 없었다. 정규방송을 중지하고 긴급 뉴스로 아나운서 멘트를 준비했다. 수신한 테러 현장 화면에서는 폴리스 라인이 설치된 가운데 구급대원들이 투입되어 부상자들을 호송하는 긴급한 상황이 펼쳐지고 있었다. 혹시나 하는 마음에 화면에서 눈을 뗄 수가 없었다. 심장이 터질 것만 같았다. 30분 전이면 딸이 수업을 마치고 숙소로 이동할 시간이었다. 정신없이 속보 원고를 넘긴 뒤 핸드폰을 들고 로비로 뛰쳐나왔다. 번호를 누르는 손이 덜덜 떨려 몇 번을 다시 눌러야 했다. 계속 신호음을 보냈지만 딸은 대답이 없었다.

“엄마 혼자서 할 수 있는 맛있고 쉬운 레시피를 하루 한 개씩 보낼 테니 꼭 만들고 사진 찍어서 보내셔.”

“공부는 네가 하러 가는데, 왜 내가 숙제를 해야 해?”

“나도 없는데 혼자서 제대로 안 드실까봐서 그러지. 우리 엄마 어떡하나.”

딸은 너무 빨리 어른이 되었다. 낮밤을 가리지 않고 일하는 나를 대신해서 집안일을 살뜰히 챙겼다. 딸은 출국장으로 들어서다 말고 또다시 잔소리를 시작했다. 외출할 때는 가스 밸브를 꼭 잠거라, 운동을 규칙적으로 해라, 끼니를 거르지 마라……. 나는 네 걱정이나 하라며 딸의 어깨를 잡아 출국장을 향해 돌려세웠다. 그리고 빨리 들어가라고 딸의 어깨를 툭 쳐주고는 황급히 몸을 돌려 주차장으로 총총 걸음을 옮겼다. 공항을 빠져나와 올림픽대로를 달리면서 딸이 앉았던 옆자리를 흘깃 바라보았다. 그제야 정말 딸이 떠났다는 사실이 실감났다.

나는 딸이 대학을 졸업할 무렵부터 계속 독립할 것을 요구했었다. 그러나 딸은 하나뿐인 자식을 왜 그렇게 내쫓지 못해 안달이냐? 혹시 애인이 생겼느냐? 번번이 내 말을 농담으로 눙쳤다. 말은 독립하라고 재촉하면서도 정작 내 마음은 그 반대인지도 몰랐다. 그 모습이 때때로 내 가슴에 뜨거운 불덩이로 다가와 데인 것 같은 통증을 만들었다. 내가 딸의 짐이 되고 싶지 않다는 것과 혼기가 찬 딸의 상황이 언제 어떻게 변할지 모른다는 생각들. 이제는 딸 없이도 혼자 사는 법을 연습해야 한다는 초조함이 시시때때로 몰려왔다. 다른 집 아이들은 스무 살만 넘으면, 아니 경제적인 능력만 생기면 독립부터 꿈꾼다는데 내 딸은 특별한 아이가 틀림없다고 생각했다. 혼자서 자신을 키워온 엄마에 대한 연민 때문일까? 미안한 마음이 들기도 했지만 시간을 돌린다고 내 선택이 달라질 것 같지는 않았다.

선본 지 두 달 만에 남부럽지 않은 배경과 능력을 믿고 했던 결혼이었다. 그러나 부족할 것 없어 보였던 스펙의 그와는 하나부터 열까지 맞는 것이 없었다. 자유분방한 성격인 나와 달리 그는 집착에 가까운 결벽증을 보였다. 던지듯 벗어 놓은 내 신발을 자신의 신발 옆에 가지런히 놓는 것을 시작으로 집안 곳곳의 물건들이 흐트러진 것을 못 참고 계속 각을 맞추는 행동으로 나를 불안하게 했다. 이러한 결벽증은 그런대로 견딜 수도 있었다. 그러나 지독한 가부장적 사고방식을 가진 그와 일상을 함께 하는 것은 매우 어려웠다. 내가 어떤 의견을 내려고 하면 감히 여자가 하는 거만한 눈빛으로 내 자존심부터 뭉갰다. 나는 무조건 순종적인 여자와는 거리가 멀었다. 우리는 결혼 두 달 만에 도장을 찍었다. 나는 작은 전셋집을 얻어 완벽히 혼자가 된 것을 자축했다. 그러나 그 기쁨은 혼자만의 착각이었다. 곧바로 딸아이의 존재가 확인되었고 나는 심각한 고민에 빠졌다. 오랜 고심 끝에 나는 온전히 나만의 아이로 키우기로 결심했다.

자식을 키워 본 사람은 다 알겠지만, 아이 키우는 일이 어디 시간과 돈만 있다고 되는 일인가? 더구나 대한민국에서 미혼모로 산다는 건 주홍글씨를 가슴에 새기고 사는 일이었다. 걱정과는 달리 딸은 결손 가정의 아이답지 않게 용감했다. 짓궂은 남자 아이들이 놀리면 주먹으로 응징하는 통에 자식 교육 좀 잘 시키라는 항의 전화까지 받을 정도였다. 사회생활을 시작하고도 연애다운 연애도 못해 본 것 같아 슬쩍 물으면 신경 쓰지 말라고 했다. 소개할 만 한 놈이 생기면 곧바로 인사시킬 거라고 했다. 그러면서 평생 껌 딱지처럼 내 옆에 붙어 있을 계획이라는 말도 덧붙였다.

그러나 절대 내 품을 떠날 것 같지 않던 딸이 3년의 직장 생활을 접고 유학을 가겠다고 했다. 나는 짐짓 담담한 얼굴로 딸의 새로운 시작에 지지를 보냈다. 파리에 도착해서 두어 달은 딸로부터 연락이 뜸했다. 반년이 지나자 안정을 찾았는지 제법 여유가 느껴졌다. 자신은 유럽 체질인 것 같다며 만족해하는 딸의 목소리에는 윤기가 흘렀다. 딸의 유학생활이 순조롭게 이어지며 나는 무거운 짐 하나를 내려놓은 것처럼 마음이 가벼워졌다. 이혼과 함께 꿈꿨던 나의 독립된 삶도 비로소 이루어져가는 듯했다.

재다이얼을 몇 번이나 눌렀는지 알 수 없었다. 전화기가 고장 난 걸까? 번호를 잘못 누른 걸까? 멀리 떠나보낸 것을 후회하는 머릿속을 온갖 불길한 상상이 헤집고 있었다. 간절한 마음은 이미 테러 현장을 헤매며 딸을 찾고 있었다. 영사관으로 전화를 해봐야겠다고 생각하던 그때였다.

"엄마."

날아갈듯 경쾌한 목소리로 딸아이가 전화를 받았다. 온몸의 긴장이 풀리며 그 자리에 털썩 주저앉았다.

"우리도 뉴스 보느라. 정말 끔찍하죠?"

어디냐고 묻자 지금 남자 친구 집에 있다고 했다. 참 잘 통한다는 걸로 보아 꽤 친밀해 진 것 같았다. 조만간 함께 서울에 오겠다고 했다. 내가 얼마나 가슴을 졸였는지, 어떤 상태에서 그렇게 전화를 해댔는지는 설명할 겨를이 없었다. 제 걱정은 말라며 딸이 전화를 끊었을 때, 나는 가슴이 서늘해지며 작은 새 한 마리가 내 심장을 뚫고 빠져나가는 것을 느꼈다.

나는 몸을 추스르며 자판기의 진한 블랙커피 단추를 눌렀다. 그때 다급한 발걸음으로 취재기자와 사진기자가 로비를 가로지르고 있었다. 빨리 편집실을 확보해야 한다고 서두는 것으로 보아 특종을 건진 듯했다. 순식간에 로비가 부산해졌다. 덩달아 정신이 번쩍 들었다. 나는 서둘러 블랙커피를 마셨다. 뜨겁고 쓴 커피는 온몸의 세포를 흔들어 깨웠다. 나는 미련 없이 커피가 남아있는 컵을 휴지통으로 던져 넣었다. 그런 다음 허리를 꼿꼿하게 펴고 또박또박 발걸음을 옮겼다.

어느새 창밖에는 새벽이 밝아오고 있었다. 분명 어제와 다른 새벽이었다. 나는 새벽빛을 온몸으로 받으며 외신기자실 문을 힘차게 밀고 들어갔다.

1회 추천작

홀로라는 이름

김채옥

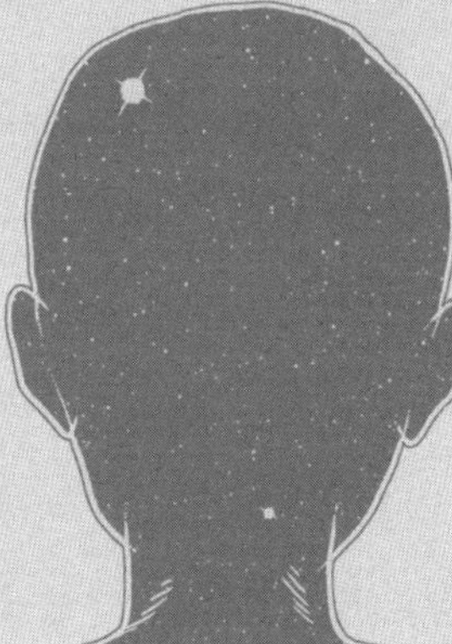

김채옥

임상심리전문가. 경기대학교 교양학부 겸임교수를 지냈으며, 현재는 서울시은평병원 진료부에 재직하고 있다. 『엄마 네 맘을 알아?』를 공역했다. 한국미니픽션작가회 회원이다.

홀로라는 이름

현관문에 녹슨 열쇠를 꽂으며 혹시 문이 열려있나 잠깐 쓸데없는 생각이 스쳤다. 열쇠를 돌리자 딸깍 소리와 함께 잠겼던 문이 열렸다.

"여보, 나 왔어요."

현관에서 신발을 벗으며 불쑥 튀어나온 말에 정작 놀란 건 그녀 자신이었다. 그녀가 뱉은 말은 텅 빈 거실과 빈 방들을 맴돌아 와 다시 그녀의 가슴 깊은 곳으로 아프게 파고들었다. 목울대에선 뜨거운 무엇이 울컥 올라왔다. 아직도 집안 곳곳에는 남편의 온기와 숨결이 고스란히 배어있다. 그녀는 남편이 토끼잠을 자곤 했던 소파를 손으로 쓸어보았다. 그러곤 외출한 그녀를 기다리느라 남편이 서성거리던 창가를 천천히 둘러보았다.

그녀의 남편은 저세상 사람이 되었다. 벌써 몇 달 전 일이다. 남편이 없는 집은 왜 빈 집 같을까. 남편이 있을 땐 마치 감옥 같기만 했던 집. 남편은 간성혼수가 오고 난 다음부터는 딴사람처럼 돌변했다. 한번은 주먹을 불끈 쥐고 윽박지르는 남편을 피해 숨어 있다 나와 보니 현관문이 활짝 열려있었다. 그때, 그녀는 머리가 하얗게 빈다는 말을 처음 실감했다. 다행히 남편은 그가 잘 가던 순댓국집 근처에서 발견되었다. 잠옷 차림의 남편은 막막하고 불안한 눈빛으로 남의 집 가게 앞에 쭈그리고 앉아 있다가 그녀가 다가가자 벌떡 일어나 팔을 잡아끌며 순댓국을 사달라고 어린애처럼 보챘다.

생전에, 남편은 멋이라고는 도통 모르고 그녀에게 살갑지도 않았지만 월급을 타면 통째로 갖다 주고 집안에 어려운 일이 생기면 누구보다 앞장을 설 줄 아는 듬직한 사람이었다. 맏아들에게 시집온 그녀는 아이들 공부 뒷바라지 끝나자마자 중풍인 시어머니에, 간암인 남편까지 병 수발하느라 허리 한번 마음껏 펴보지도 못하고 오직 인내하고 견디는 삶을 살아왔다. 자식들은 간병인을 쓰라는 둥 그러다 먼저 쓰러진다는 둥 말렸지만 남들이 말하는 해결책이란 것은 그녀의 삶의 방식이 아니었다.

운동을 다녀온 뱃속은 텅 비어 먹을 것을 달라고 아우성이다. 남편이 간 뒤로는 혼자서 먹는 끼니가 번거롭기만 하다. 음식을 준비하다가도 문득 남편의 모습이 비끼면 그녀는 하던 요리를 팽개

쳐 버리고는 방으로 들어가 버렸다. 아픈 뒤로, 남편의 반찬투정은 심해졌고 그녀는 속이 문드러지다 못해 오장육부가 시커멓게 썩어갔다. 그런데도, 그렇게 안 좋았던 기억은 어디로 가고 맛있게 먹던 남편의 모습만 환하게 떠오르는 걸까. 덩그마니 빈 벽만 마주하고 밥을 삼키려니 밥알이 모래알 같다. 김이 모락모락 나는 음식들은 왜 떠나간 사람을 다시 식탁으로 불러들여서 마음을 심란하게 하는 걸까. 남편은 가끔씩 제 정신이 돌아오면 자기 없어도 세 끼 밥을 꼭꼭 챙겨먹으라고 신신당부를 했다. 그런데 막상 혼자가 되고 보니 그 당부의 말은 남편의 빈자리만을 더 크게 느끼게 할 뿐이었다. 남편의 빈자리는 그녀가 움직이는 곳곳에서 허방다리처럼 불쑥불쑥 나타나곤 했다.

남편이 몸져눕자마자 이층 세입자 박씨는 제 날짜에 꼭꼭 보내오던 월세를 건너뛰더니 그새 일 년 치나 밀렸다. 벼르던 끝에 그녀는 요리조리 피해 다니는 박씨를 대문 앞에서 막아섰다. 그녀는 융통을 해서라도 밀린 월세를 모두 갚으라고 밀어붙였다. 그랬더니 박씨는 되레 자기가 화를 내며 그렇잖아도 죽고만 싶던 차에 집에 불이나 확 지르고 죽어버려야겠다고 으름장까지 놓았다. 더 기가 막힌 것은 남편 이름이 적혀있는 대문 문패를 가리키며 이 집이 아줌마 집이야, 왜 아줌마에게 돈을 주어야 해 라고 억장이 무너지는 소리를 하였다.

게다가 박씨는 남편이 간 뒤로 가당찮게 치근덕거렸다. 늦은 시간에 박씨가 문을 두들겨 월세를 가져온 것인가 싶어 퍼뜩 문을 열어 주었더니 박씨가 혀가 꼬부라진 목소리로 아주 능글거리며 갖은 추태를 부렸다.

“형수님, 딱 한 잔만 같이 해요. 딸꾹. 자, 어서 족발 받으시고요.”

그녀는 몸이 부들부들 떨렸다. 그녀는 박씨를 확 밀쳐버리고 문을 꽝 닫아걸어 잠그고 냅다 소리를 질렀다.

“뭐라고? 늙은이 보고 술 한 잔 하자고? 어디 경찰 한번 불러볼까.”

지난번에도 늦은 시간에 전화를 해서 위로랍시고 엉뚱한 소리를 한 적이 있었다. 동네 망신을 안 당하려면 월세고 뭐고 다 포기하고 당장 내쫓는 것이 백번이라도 맞지만 억지로 쫓아내다 무슨 봉변을 당할까봐 겁부터 났다.

남편이 살아있을 때는 생각지도 못했던 일들이 여기서 저기서 삐걱거린다. 남편이 없다는 것은 맨몸으로 세상에 내던져진 어린아이 같다는 것을 그녀는 지금에서야 온몸으로 실감하고 있다. 그녀는 그 동안 자신이 남편만 의지하고 얼마나 아무 생각 없이 살아왔는지, 그리고 이 나이에는 여자 혼자 힘으로 할 수 있는 일들이 그렇게 썩 많지 않다는 생각들에 한없이 절망하고 있다. 박씨에게 당한 수모 때문만은 아니었다. 그저 밥 잘 먹고 몸 건강하게 살면 그게 다인 줄 알았던 지난 시간들도, 남편 없이 혼자 살아갈 날도 더더욱 아무 의미가 없어보였다.

홀로 돈 없는 세입자들을 상대해내는 것, 그것도 노인에겐 결코 만만한 일이 아니었다. 남편이 있을 땐 너무나 당연했던 일상사들은 그녀가 감당해야할 짐이 되어 있었다. 어느 때보다 텅 비고 쓸쓸하게 느껴지는 집. 가족만 챙기느라 자신의 삶은 돌아보지도 못한 채 살다가 이제야 혼자만의 시간, 혼자만의 공간에 오도카니 남겨지고 보니 익숙한 모든 것들이 낯설게 느껴지고 앞날이 그저 막막하기만 하였다.

남편을 보내고 나서는 의식적으로 회피했던 작은 방. 그녀는 이제야 용기를 내어 남편이 누워 있던 침대에 앉아 본다. 침대에서 마주 보이는 창가에는 대추나무 한 그루가 손에 잡힐 듯 가까이서 잎사귀를 팔랑이고 있었다. 머지않아 졸망졸망한 붉은 대추가 햇빛에 반짝일 것이다.

책장에 가지런히 놓여있는 책들 사이에서 남편의 일기장을 꺼내어 펼쳐본다. 남편은 아프고 나서부터 자주 일기를 써왔다. 마지막 육 개월 정도를 남겨놓고 부터는 글씨라고 할 수 없을 만큼 휘갈겨 써서 무슨 내용인지 통 알 수가 없다. 그런데 마지막 장에 또렷하고 낯익은 필체가 눈에 번쩍 들어왔다. 남편이 잠깐 잠깐 정신이 맑아졌을 때 써 놓은 편지글 같았다.

여보! 오래 병치레하게 해서 정말 미안하고 고마워. 부탁이 있어. 나 만나러 오기 전에 내가 통장에 남겨준 돈으로 당신 하고 싶은 것, 꼭 다 해 보고 와요. 그리고 당신 문패 부탁해서 책장 아래 넣어놨어. 김순정, 당신 문패 달고 당당하게 살도록 해요. 건강하고 신나게 살다 다시 만나는 거야. 사랑하오.

생사를 넘나들면서도 혼자 남겨질 아내를 걱정해온 남편의 마음이 읽혀지는 순간 그녀는 뜨거운 눈물이 왈칵 쏟아졌다.

그녀는 남편의 편지를 읽다가 울다가 생각에 잠겼느라 시간이 얼마나 지났는지 의식하지 못했다. 그제야 잠에서 깨어나듯 창밖을 바라보니 해가 기울면서 방안에 대추나무 그림자가 길게 드리워져 있었다. 그녀는 일어나서 서랍을 열어보았다. 서랍에는 대리석으로 된 문패가 있었다. '김순정' 그녀는 자신의 이름이 새겨진 문패를 낯선 사람의 이름처럼 여러 번 불러보았다. 김순정, ……. 자신의 이름을 불러 본 적이 언제였더라. 병원 간호사가 부르던 이름? 남편의 수술 승낙서에 적었던 이름? ……. 가까스로 마음을 추스른 그녀는 문패를 품에 안고 계단을 내려왔다. 남편 이름의 문패를 내리는 손이 몇 번이나 망설여졌다. 자신의 새 문패를 걸고 나서도 그녀는 발길을 돌리지 못하고 괜스레 빗자루를 들고 대문 주위를 맴돌며 연신 문패를 훔쳐보았다.

긴 하루를 보낸 그녀는 다시 자신만의 공간으로 돌아왔다. 그녀는 계단을 한 번에 쉬지 않고 올라왔고, 현관문을 씩씩하게 열고 들어섰다. 거실은 텅 비어 있었지만 오늘따라 남편의 기척과 온기가 더욱 가까이에서 느껴졌다.

"여보, 내일 아침에는 당신이 좋아하는 다슬기국 끓여 놓을게요. 그리고, 문패 고마워요."

1회 추천작

어제의 밤은 누가 돌보았나

노길용

노길용

구상선생기념사업회 사무차장.

한국미니픽션작가회 회원, 디지털콘텐츠 기획·디자이너.

어제의 밤은 누가 돌보았나

그는 야근을 겨우 버텨내고 근처 주점으로 달아났다. 조명이 어두워 서로의 모습이 어렴풋한 그곳은 벽과 천장이 색바랜 벽지로 도배되어 있다. 늦가을 평일 밤의 주점은 일상으로부터 달아난 이들의 도피처다.

그가 자리에 앉기 무섭게 하루가 앞자리에 따라 앉았다. 눈에 보이지 않지만 보이는 것들보다 더 또렷한 것. 늘 곁에서 일상을 강요하며 그를 옥죄는 존재. 그는 그것을 '하루'라고 불렀다. 단 하루라도 떨어져 혼자이고 싶은 그는 자신을 지독하게 따라다니는 녀석이 못마땅했지만 막상 그로부터 벗어날 방법을 찾지 못하고 있다.

오물오물, 꼴깍, 쩝쩝쩝, 꿀꺽, 짭짭짭…. 직장에서의 스트레스가 점점 게걸스럽게 먹는 행위로 나타났다. 술병이 하나 둘 늘었다. 안주로 시킨 커다란 고등어구이는 아직도 반 이상 남았고, 그의 입가에 매달려 있던 구운 살점이 툭 떨어진다. 둔해진 젓가락질이 허공에서 자주 무용을 했다. 빼꾸기가 집을 나와 몇 주째 들어가지 않는 벽시계가 자정을 가리켰다. 그와 빼꾸기가 잠시 서로를 바라본다. 문득 그가 하루에게 하루 더 늙었다며 조롱했다. 그러면 하루가 떠나지 않을까 기대했지만 하루는 대꾸도 없었고, 여전히 자리를 뜨지 않았다. 그는 체념하며 자리에서 일어났다.

주점에서 나온 그가 버스 정류장으로 향했다. 먹다 남은 고등어구이가 담긴 검은 봉투가 손에서 몹시 덜렁거린다. 발걸음이 좌와 우를 엇박으로 넘나들며 위태로웠지만 넘어지거나 방향을 잃지는 않았다. 생선구이 냄새를 맡은 까만 도둑고양이 한 마리가 하루와 함께 몰래 그의 뒤를 따라갔다.

낮그림자와는 다르게 밤그림자는 수줍음이 많다. 불쑥 나타났다가 금세 사라짐을 반복한다. 녀석과 숨바꼭질을 하다 보니 어느새 정류장에 다다랐다.

정류장 뒤로 드리워진 짙은 그늘에서 울음소리가 났다. 그가 뒤를 돌아본다. '야옹' 하는 소리가 한번 더 났다. 고양이 울음의 뜻을 알아챈 그가 맨손으로 검은 봉투 속의 고등어구이를 집어 깊은 그늘 속으로 툭 던진다.

얼마 기다리지 않아 도착한 심야순환버스에 그가 올라탔다. 하루와 밤그림자가 뒤따라 탔고, 도둑고양이는 잠시 망설이다 눈치를 살피더니 고등어구이를 물고 왔던 길로 몸을 돌렸다.

버스 안은 그 말고도 승객이 넷 더 있었다. 샴쌍둥이처럼 붙어 서로의 몸을 주무르는 남녀 한 쌍, 넥타이를 축 늘어뜨린 남자, 얼굴이 붉고 무언가 불만스러워 보이는 노인. 그는 그들과 떨어진 뒷자리 창가 쪽에 앉았다. 누군가에게 뒤통수를 노출시킨 채 앉아있는 게 얼마나 불편한 일인지 직장을 다니면서 알게 됐다.

그가 차창을 통해 보는 서울 도심의 밤거리는 늘 낮보다 화려하다. 일에 붙잡혀 집에 가지 못 하는 사람들의 피곤을 동력으로 삼은 듯 건물들의 빛은 꺼질 줄 몰랐다.

버스 히터의 열기에 취기가 오른 그의 눈꺼풀이 서서히 안구를 덮었다. 밤그림자도 그를 따라 고개를 꾸벅거렸고 하루는 옆자리를 가만히 지켰다.

그가 졸며 온 몸으로 지휘하는 버스가 도시 곳곳을 살핀다. 가로수를 부여잡은 사람, 누구에겐가 전화를 거는 사람, 뭔가를 계속 중얼거리는 사람. 밤을 거니는 이들의 발걸음은 위태롭다. 방향성을 잃은 딛음은 마치 시체들이 걷는 듯 했다.

그렇게 몇 정거장을 지난 뒤, 얼굴이 더욱 시뻘개진 노인이 주물럭 커플을 향해 뭐하는 짓이냐며 욕설을 퍼붓는다. 그러자 여성에게 한 몸처럼 붙어있던 젊은 남성이 일어나 노인에게 달려들었다. 그가 깜짝 놀라 남성을 온 몸으로 말렸다. 그의 셔츠 단추가 총알처럼 튄다. 씩씩대던 노인이 다음 정거장에서 내렸고, 주물럭 커플은 노인의 무력함을 빈정대며 시간을 아쉬워하다가 마지못해 내렸다. 노인과 커플이 내리는 것을 본 후 긴장이 풀린 그가 다시 존다. 버스는 어느새 내려야 할 곳을 지나 순환 코스를 한 바퀴 돌고 있었다.

문득 그가 옆에 앉은 하루를 느끼며 눈을 떴다. 남은 승객은 그와 넥타이 남자뿐이었다. 창밖을 내다보니 순환 종점 부근이다. 시간 역시 버스 운행이 끝날 무렵. 그는 허겁지겁 벨을 눌렀다. 그가 고꾸라져 잠든 넥타이남자를 흔들어 깨운다. 둘은 버스에서 내렸다. 넥타이남자가 가로수를 부둥키고 저녁에 뭘 먹었는지 확인시켜 주기 시작했다. 그가 굽은 등을 두드린다. 빌딩 틈에서 졸던 비둘기들이 아침식사 제조현장에 환호하며 잠을 깼다.

한적해진 새벽 도로에 이따금 차량 불빛이 나타났다 부서졌다. 비둘기 식사 준비를 마친 그와 넥타이남자는 서로 담배를 하나씩 꺼내 물었다. 어느새 둘 옆에 드리운 새벽그림자가 희미한 연기를 천천히 내뿜는다. 택시를 타고 집에 들렀다 금방 다시 나올지, 사무실로 들어갈지의 고민이 줄담배를 물게 했다. 어차피 집에 가도 아무도 없지 않냐며 하루가 사무실 쪽을 쳐다본다.

어디선가 고양이들이 배부른 울음소리를 내었다. 여러 마리가 번갈아가며 울었다. 그가 고개를 두리번거리며 주위를 살핀다. 그 사이 넥타이남자의 모습이 사라졌고, 이제 그 말고는 인적이 끊겼다. 빌딩 창의 불빛들이 하나 둘 줄어든다. 그는 직장에서 탈출한 이들의 조마조마한 발걸음을 끝까지 살폈다.

나도 누군가가 살필까? 하루는 아무 말이 없다.

그렇게 그의 밤은 무사했다.

1회 추천작

9회 말

이청수

이청수

30년 일한 방송사를 정년퇴임한 후 또다른 30년을 위해 사진찍기, 글쓰기 등으로 새로운 삶을 모색 중.

9회 말

투수코치가 타임을 요청하고 마운드로 천천히 올라왔다. 포수는 마스크를 벗어 오른손에 들고 코치를 따랐고, 상황이 상황인지라 내야수들도 모두 투수코치를 중심으로 동그랗게 모여섰다. 코치는 아무 일 없다는 듯 웃음 띤 얼굴로 병찬의 어깨에 가볍게 손을 올려놓으며 말했다.

"왜, 겁먹었어?"

병찬은 멋쩍은 표정을 지으며

"아니 뭐 좀……" 하며 얼버무렸다.

9회말 2사 만루 볼카운트 3볼 2스트라이크, 이제 마지막 한 개의 공으로 승부가 가려진다.

1대0으로 1점 앞서고는 있지만 여기서 안타가 나오면 경기는 뒤집어진다.

병찬은 9회 말에 마운드에 올라와 삼진과 외야 플라이로 투 아웃을 잡아 쉽게 경기를 끝내는가 했는데, 갑자기 연속 안타와 볼넷을 내주고 2사 만루의 위기를 맞고 있는 것이다. 몸에는 아무 이상이 없고 컨디션도 나쁘지 않은데, 중요한 경기에서 갑자기 위기를 자초했으니 심리적으로 위축되고 긴장되지 않을 수가 없었다. 하지만 마무리투수의 숙명인데 어쩌랴. 이 위기를 책임지고 이겨내야 하는 사람은 바로 투수인 병찬 자신인 것이다.

관중석에서는 투수인 병찬과 타자의 이름이 번갈아 들려왔고 경기장은 팽팽한 긴장감과 흥분의 열기로 끓어올랐다. 순간 병찬은 프로 데뷔 후 처음 마무리투수로 마운드에 섰던 경기가 떠올랐다. 2년 전 그 날도 1대0으로 이기고 있는 상황이었다. 투 아웃을 잡고 볼넷을 내줘 2사 1루 상황에서 상대의 가장 강한 타자와 대결하게 되었는데, 그때 포수는 병찬의 생각과는 달리 몸 쪽 빠른 공을 요구했다. 병찬은 변화구를 던지고 싶었지만 신인투수의 입장에서 고참 포수의 사인을 무시할 수가 없었다. 마무리투수로 첫 등판이라 긴장된 상황이었지만 병찬은 포수의 요구대로 좋은 공을 던졌다고 생각했다. 그러나 상대 타자는 마치 기다리고 있었다는 듯이 그 공을 받아쳤고, 타구는 담장을 훌쩍 넘는 커다란 역전 홈런이 되었다. 그 첫 경기의 패배 후 병찬은 한동안 슬럼프에 빠져 힘든 시간을 보내야 했었다. 그리고 그때 이후 병찬은 스스로에게 다짐했다. 결정적인 순간에는 가능하면 포수와 코칭 스탭의 의견보다 자기 자신의 판단을 믿기로. 포수와 코칭 스탭의 의견을 무시해서가 아니라 그렇게 하는 것이 그 상황에 가장 적절하게 대처할 수 있고, 또 스스로 그 결과를 받아들이기가 훨씬 수월하기 때문이다.

경기의 승패가 갈리는 중요한 상황, 포수는 투수코치와 길게 사인을 주고받으며 승부 구종을 조율했고, 자신의 허벅지 안 쪽 깊숙한 곳에 오른손을 감추고 엄지와 중지를 차례로 펴 보였다. 몸 쪽 빠른 볼, 병찬이 예상했던 공이었다. 상대타자가 몸 쪽 공에 약하다는 분석이고, 병찬의 주특기가 시속 150Km를 넘나드는 빠른 공이니 포수와 코칭 스탭의 그 선택은 어쩌면 이 상황에서 최선이라 할 수 있었다. 하지만 순간 병찬의 머릿속에 마무리투수 데뷔전의 그 장면이 번개처럼 스쳤다. 그리고 이 상황에서 과연 내가 던지고 싶은 공, 내가 가장 자신있게 던질 수 있는 공이 무엇인가를 생각했다. 병찬은 자신의 입장에서 판을 다시 짜고 싶었다. 포수와 코칭 스탭의 결정이 아닌 자신만의 그림을 그리고 싶었다. 병찬은 잠시 고민하다 포수를 향해 단호하게 고개를 가로저었다. 포수의 사인을 거부하고 다른 공을 요구한 것이다. 그러자 곧바로 더그아웃에서 투수코치가 올라왔다.

“야 임마 괜찮아. 니가 제일 자신 있는 거 던지는 거야.”

병찬이 기다리던 말이었다. 병찬은 잠시 생각하다가 작지만 단호한 목소리로 말했다.

"낮게 떨어지는 포크볼 어때요?"

코치는 의외라는 표정을 짓다가 흔쾌히 좋다고 말했다.

"그래……, 알았어. 그럼 포수는 공 뒤로 빠지지 않게 블로킹 잘 하고, 내야 특히 유격수, 2루수는 공 뒤로 빠뜨리지 않게 정신 똑바로 차리고……, 자, 파이팅!"

병찬의 등을 가볍게 두드리고 코치는 마운드에서 내려갔다. 투수코치와 동료선수들이 모두 제 자리로 돌아가고 병찬은 마운드에 혼자 남았다. 그라운드의 한 가운데 가장 높은 곳에서 혼자가 된 병찬은 이마를 타고 흘러내리는 땀을 옷소매로 훔치고 모자를 다시 고쳐 썼다. 이제 모든 책임은 자신에게 있다고 생각하니 두려움이 엄습했다. 사실 이런 순간 포크볼은 몸 쪽 빠른 공 못지않게 위험한 공이다. 제구가 어려울 수도 있고, 원바운드로 들어가 공이 뒤로 빠질 수도 있는 것이다. 그런 위험을 누구보다 잘 알기에 투수코치도 병찬의 제안에 고개를 갸웃했고 포수와 내야에 파이팅을 강조한 것임이 틀림없었다.

'이제 공 하나, 내가 선택한 이 공 하나에 모든 것이 달렸다'

병찬은 글러브 속에서 공의 실밥을 만지작거리며 최대한 마음을 진정시키려 노력했다.

9회말 역전의 기회를 맞이한 홈팀 관중들의 함성은 더 커져 갔고 운동장의 열기는 최고조에 달했다. 팀의 최고참인 1루수가 큰 소리로 파이팅을 외쳤지만 관중들의 함성소리에 묻혀 잘 들리지 않았다.

이제 병찬은 자신이 선택한 포크볼을 던질 것이고, 시즌 내내 병찬에게 특히 강한 모습을 보였던 상대 타자는 온 신경을 집중해 그 공에 반응할 것이다. 그리고 포수는 가운데로 들어오다 갑자기 뚝 떨어지는 포크볼을 뒤로 빠뜨리지 않고 잡아내기 위해 허벅지 근육에 더 힘을 줄 것이고, 내야수들은 땅볼에 대비해 자세를 더욱 낮출 것이다. 이 긴장된 대결의 결과는 한 순간에 결정될 것이다. 어쩌면 그 누구도 예상하지 못한 돌발적인 변수에 의해 의외의 결과를 낳을 수도 있다. 하지만 그 이유가 무엇이든 그 결과에 따라 각자는 각자의 위치에서 자기 몫의 책임을 지게 될 것이다.

자- 간다.

팽팽히 당겨진 줄처럼 극도의 긴장감이 운동장을 감돌았다. 심판이 오른손을 들었다. 모든 준비가 완료되었다는 뜻이다. 병찬은 고개를 돌려 외야 쪽을 한번 둘러보았다. 그리고 천천히 손을 들어올렸다. 병찬의 손을 떠난 공은 하얀 분가루를 날리며 타자와 포수를 향해 힘차게 날아갔다. 순간 팽팽하던 줄이 끊어지듯 '딱' 하는 소리와 함께 '와' 하는 함성소리가 운동장을 가득 채웠고, 빗맞은 공은 투수 옆을 스쳐 유격수 쪽으로 향했다. 루상의 주자들은 딱 소리와 동시에 전력으로 달리기 시작했고, 골든글러브 수상에 빛나는 유격수는 재빨리 허리를 굽혀 글러브 낀 왼손을 앞으로 쭉 내밀었다.

끝났다.

병찬이 서 있는 마운드가 갑자기 환해지며 빙글 돌아가는 것 같았다. 이제 유격수가 공을 잡아 1루로 던지기만 하면 경기는 팀의 승리로 끝나는 것이다. 그런데 '앗 이럴 수가……' 정면으로 가던 공이 유격수 바로 앞에서 불규칙하게 튀어오르며 뒤로 빠져나가는 것이 아닌가. 관중석에서는 한숨과 함성이 동시에 터져 나왔고, 병찬은 그 자리에 털썩 주저앉고 말았다. 상대 팀 선수들이 한데 엉켜 극적인 역전승의 기쁨을 나누고 있는 옆을 지나며 병찬은 속으로 혼자 중얼거렸다.

우리가 진 것이 아니라 내가 진 거야…….

1회 추천작

새벽 6시

조데레사

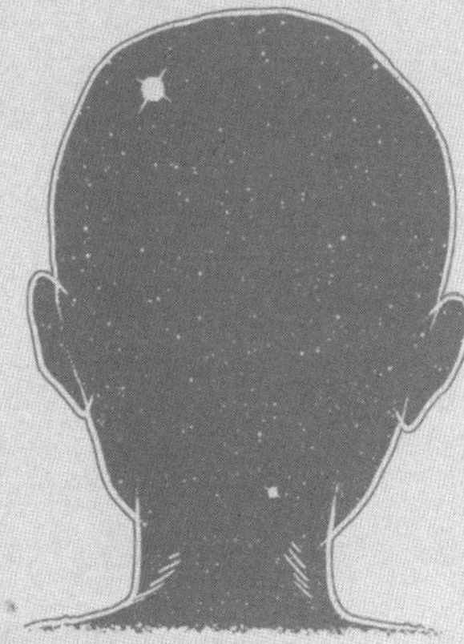

조데레사

천주교 의정부교구에서 소공동체 월간지 편집위원을 지냈으며 중학교 아이들에게 논술과 국어를 가르치고 있다.

새벽 6시

'이웃 간에 아는 척하지 않기'

이곳으로 이사 오던 날, 1층 입구 게시판에 붙여진 안내문이 무슨 경고장처럼 붙어 있었다. 건물관리인이 그 앞에 서 있는 나를 흘깃 보더니 친절한 설명이라도 해주듯이 말했다.

"요즘 젊은 사람들이 싫어해서요. 사실 이곳에 사는 다른 사람들에게 과다한 관심을 보여서 퇴출당한 사람도 있어요."

나는 회사에서 가까운 봉천동 꼭대기의 한 원룸에서 산다. 아직 매달 대학 때 받았던 학자금 대출을 갚고 있는 나로선 월세형 원룸을 얻을 수밖에 없는 형편이다. 미미원룸은 엘리베이터가 없는 5층짜리 낡은 연립이다. 나처럼 혼자 사는, 대부분 경제적 형편이 안 좋은 사람들이 살고 있다. 층마다 복도를 사이에 두고 양쪽으로 4개의 방이 마주 보고 있음에도 옆방에 혹은 앞방에 누가 살고 있는지 알지 못했다. 아니 알 필요가 없었다. 여기에 살고 있는 대부분의 사람들은 어떤 이유에서 건 철저히 '혼자'인 사람들이 살고 있기 때문이다.

내가 여기로 이사 온 후, 일주일쯤 후였다. 누군가 새벽 6시에 '찰칵~ 띡띡띡띡~ 찰칵~ 띡띡띡띡~' 계속해서 도어락의 번호를 눌러댔다. 그 소리는 새벽녘 고요 속에서 나의 잠을 화들짝 깨울 만큼 섬뜩하고 선명한 소리였다.

"누… 구… 세요?"

"……"

'누구지? 이 새벽에?' '술 취한 미친놈인가?'

처음엔 무서움에 떨며 숨죽여 기다리다보니 십여 분 뒤 돌아갔는데, 그 후로도 새벽녘에 가끔씩 찾아와 도어락의 번호를 눌러대곤 했다. 이런 일이 반복되자 나는 너무 무섭고 두려운 나머지 나의 신원은 비밀로 해달라는 요청을 하고 경찰서에 신고할 수밖에 없었다. 문밖에선 경찰이 출동한 듯 했고, '정신차리세요'라는 말과 함께 누군가를 데리고 가는 발자국 소리가 들렸다.

'후유~ 이젠 별일 없겠지?'

그날 신고 후엔 더 이상 가슴을 쓸어내렸던 새벽 6시의 사건은 일어나지 않았다. 그리고 나는 변함없이 나의 일상으로 돌아간

듯 했다. 나의 하루는 아침 8시가 되면 언덕아래 G 편의점에 들러 '1000원의 행복 아메리카노'를 한 잔 사 들고 걸어서 20분 거리의 회사로 출근하는 것으로 시작한다. 점심시간엔 직장동료와 함께 갈 때도 있지만 대개 혼자서 편의점 도시락카페에서 다양한 도시락을 골라 점심을 먹는다. 그리고 야근이라도 하는 날엔 또 간단히 편의점 음식으로 배를 채우고 맥주 한 캔을 사 들고 집으로 귀가한다. 더구나 편의점의 가장 좋은 점은 언제나 열려 있다는 것이다. 24시간!

그렇다고 매일 이렇게 편의점 음식만 먹는 것은 아니다. 회사에서 버스를 타고 15분 정도 가면 S 대학가이다. 이곳은 혼밥족들이 7~8천 원대의 가격으로 고기를 구워 먹을 수 있는 곳이다. 가끔 들렀던 고깃집에 들어서자, 식사 때라서인지 식당 안은 칸막이로 구분된 1인 식탁에서 벽과 마주하고 혼자 와서 고기를 굽는 사람들로 가득했다. 이곳에 처음 왔을 때는 마치 학창시절 자주 갔던 독서실을 연상케 했다. 1인 테이블에는 TV 모니터와 채널을 선택할 수 있는 리모컨, 휴대폰 충전기는 물론 개인 선풍기까지 갖춰져 있다. 게다가 고기 굽기가 서툰 사람들을 위한 '부위별로 고기를 잘 굽는 방법'이라는 친절한 설명서까지 칸막이에 붙어있었다. 사람들은 모두 고기를 구워 먹으면서도 고개를 푹 숙이고 스마트폰을 보거나 TV 모니터에 시선을 고정하고 있었다. 언뜻 어제 저녁, TV에서 보았던 건강 프로가 생각났다. 혼밥족들은 일자목증후군이나 목디스크, 위장장애 등에 걸릴 확률이 높다는… 어쨌거나 나는 개인 버너 위에 올려진 소형불판에 삼겹살을 굽기 시작했고 지글지글하는 소리와 함께 맛있는 고기 냄새만으로도 벌써 행복해지고 있었다.

'이렇게 혼자서도 행복할 수 있는 것을.'

내가 행복해지기 위해선 철저히 혼자여야 하고 이기적이어야만 한다. 7년 간의 대학 생활을 하는 동안 단 한 학기의 등록금도 대주지 못한 가족은 물론 좋은 직장에 취직하거나 시집을 간 후 바쁘다는 핑계로 3년이 넘도록 연락 한번 없는 친구들… 또 가끔 함께 밥을 먹고 술자리도 함께하지만 승진과 업무 문제로는 늘 날카롭게 날을 세우는 직장동료들. 나는 그동안 내가 그토록 매달렸던 가족과 친구, 동료라는 미명의 공동체에 쓴 웃음을 보냈다.

하지만 전등 빛도 희미한 복도의 계단을 밟고 올라와 깜깜한 원룸의 형광등 스위치를 켜는 그 순간만은 왠지 모를 슬픔이 나를 감싸곤 했다. 그리고 누군가 도어락을 눌러대던 새벽 6시경이면 저절로 눈이 떠지곤 했는데 처음에는 이런 내가 무척 피곤하고 짜증이 났다.

'그래, 그 미친놈에게 정신적 충격에 대한 보상을 청구해야 해!'

'하지만 내가 신고한 것을 알면 보복을 하지 않을까?'

결국, 나는 이일에 대해 이러지도 저러지도 못하는 가운데 새벽 6시 경에 눈이 떠지는 상황은 계속 반복되었다. 그리고 시간이 흐르면서 그것은 마치 매일 누군가를 기다리는 그리움 같은 것이 되어가는 듯 했다. 또한, 그 그리움은 나의 가슴을 뛰게 했고, 마치 내 안에 남아있는 '나의 희망'을 찾아가는 듯 설렘이 뒤섞인 기다림이었다. 심지어는 그가 다시 오면 문을 열어주어야겠다는 생각까지도 하고 있었다.

그리움… 내가 혼자 살기를 결심하고 가장 먼저 버려야만 했던 감정이었다.

새벽 6시의 기다림에 지친 어느 날, 나의 그리움이 가슴 속을 꽉 채워 더 이상 참기 어려워지자 나는 내가 정한 혼자 살기의 룰을 깨고 지구대 파출소로 전화를 걸었다.

"저기… 몇 주 전에 미미연립 305호에서 가택 침입자를 신고했던 사람인데요. 그 사람에 대해 궁금해서요. 그 사람 누구인데 그 새벽에 남의 집 도어락을 열려고 했나요?"

"아~ 그 일요? 그분… 그날 밤에 돌아가셨는데요?"

나는 망치로 머리를 얻어맞은 듯 잠깐 머리가 하얘졌다.

"그분 거기 위층 405호 사시는 할아버지셨어요. 상처하신 후 몇 년 전부터 혼자 살고 계셨는데 할머니가 돌아가신 충격으로 단기 기억상실증에 알코올성 치매까지 앓고 계셨다고 해요. 경비 일을 어렵게 구해서 하고 계셨는데, 신고하셨던 그 날은 밤새고 근무하신 분이 언덕아래 G 편의점에서 소주도 한 병 마셨다는 것 같아요. 가을이긴 하지만 요즘 새벽녘엔 꽤 쌀쌀하잖아요? 편의점 밖에 앉아 몸도 안 좋은 분이 소주까지 마셨으니… 사인은 급성폐렴이었대요. 할아버지의 시신도 이틀이 지나서야 교대근무 하실 분이 지구대로 신고하셔서 발견했고요.”

전화를 끊고 나서, 난 온몸을 휘감는 냉기가 느껴져 이불을 뒤집어썼다. 그리고 그날 이후, 난 수없이 문고리를 열어 누군가를 맞이하는 꿈을 꾸곤 했는데, 전등을 켜지 않아 현관문 앞은 늘 깜깜했고 그를 결코 집 안에 들이지 않았다.

그리고 꿈속의 그가 도무지 누구인지 알 수 없었다.

한국미니픽션작가회 10집
혼자, 괜찮아?

초판 1쇄 찍은날	2018년 1월 19일
초판 1쇄 펴낸날	2018년 1월 29일
지은이	한국미니픽션작가회
펴낸이	홍행숙
펴낸곳	문학의문학
등록번호	105-91-90635
주소	서울 마포구 토정로 222 한국출판협동조합 422호
전화	02-722-3588
팩스	02-722-3587
ISBN	979-11-87433-08-8 (03810)

값은 책의 뒷면에 있습니다.